笑顔の介護力

妻たちが語る
わが夫を見守る介護の日々

小山明子
野坂暘子

かまくら春秋社

目次

コラム3・介護とうつ病
東海大学医学部付属東京病院・基盤診療学系　教授　保坂　隆　56
コラム4・「レスパイトケア」の重要性
社団法人シルバーサービス振興会　企画部　部長　久留善武　60

リハビリがスタート！　63

コラム5・リハビリは治療の柱
小林整形外科　院長　小林信男　71

ユーモアの効用　75

コラム6・注意すべき生活習慣病――糖尿病と脳卒中
しおのいり内科／生活習慣病改善センター　院長　塩之入　洋　81
コラム7・「笑い」の効用
せんぽ東京高輪病院　院長　与芝真彰　94

怖い誤嚥　98

コラム8・老化と嚥下障害
横浜栄共済病院　脳神経外科部長　北村佳久　103

笑顔の介護力

妻たちが語る
わが夫を見守る介護の日々

装丁　熊澤正人＋中村　聡（パワーハウス）

まえがきに代えて

ぼくは今、あこがれのヒモ

野坂暘子

あせらない
頑張らない
あきらめない

口に出して言う。ちょっと辛い時だ。私のオマジナイ。

野坂の左手がサンドイッチを持ったまま止まっている。

「左手、忘れてますよ」

テレビに気を取られてのことではない。手に持っていることを忘れてしまうのだ。近頃回数が多くなった。気になる症状のひとつ。二、三秒のことではあるが、私の胸はチクッと痛い。

「今、何時ですか?」

柱に見やすい位置で時計が掛けてある。

「九時五〇分」

時計の下にはボードが下がっている。毎朝一日の始まりに不自由な方の右手を使って書いてもらう日付と曜日。右手が揺れてミミズ字になってしまうが、書体は面白く「野坂センセ、落款押しましょうよ」とふざけたりする。

和食一辺倒、日本人は米を食えと言いつづけてきた彼だが、後遺症である嚥下障害との戦いの日々は辛く、ある時思いついてパン食にしたところ、意外に飲み込むことが楽だとわかり、現在は、チーズや野菜と共に食べやすい大きさでサンドイッチをつまんでいる。

食欲があるのが何より有難く、三食私の手作りで季節のものを野菜中心に献立を考える。私は料理好きでうれしいことにアイディアが湧く。忙しい介護の方達に手助けメモをいつかお見せします。

野坂は何事につけ文句らしきことを口にしない人なので張り合いがないのもホンネ。これも長年のおつきあい、妻の仕事、健康管理だ。彼の口に合わなそうな食材も「はい、愛情をどうぞ」と口に入れてしまう。少しお腹のあたりがポッコリすると、うふふ、うれしくなる。

やさしい時間はすぐに過ぎる。

ふっと息を止めてみる。

時も止まる。

二〇〇三年五月。あの日を巻き戻してみる。五月のさわやかな朝。八時を回って。

沖縄の海辺にて

階下からバタンバタンと妙な音が聞こえてきた。

「また朝帰り……」

うんざりな気持で降りていくと、リビングの真中に彼が立っていた。手に新聞を持っているのは、朝刊を取りにいったのか。五月の朝の光がリビングいっぱいに満ちていた。一瞬、光の粒子が彼の体をとり囲み彼は光の中で輝いて見えた。

「待って！」

私は何故かそう叫び、彼の腕を強くつかんでいた。彼は私を見た。よろめいて光の輪の中から抜け、壁伝いに歩き出した。

バランスを失い、左右の壁にぶつかりながら書斎の方向へ向かっていた。私は電話にとびつき、主治医のいる大学病院にダイヤルを回した。野坂は幸運な人だ。すぐに主治医に繋がり、私の状況説明に、すぐに連れて来るよう指示をされた。野坂は自分で着替えをし、靴を履き、よろめきながらも私の運転する車の助手席に乗りこんだ。

渋滞の中、何故救急車を呼ばなかったかと幾度も後悔をしながら自分を責めた。

私の頭の中で指令が飛んでいた。〝意識を失わせてはいけない〟私は声をかけつづけた。

彼は主治医の顔を見ながら意識を失っていった。

野坂の病名は脳梗塞。心臓で出来た血栓が頸動脈を通じて脳内に流れ、脳の動脈を詰まらせることによる梗塞。不覚にも私はこの病気についてよく知らなかった。酒飲みの亭主を持ちながら。私の知識のなさは恥ずかしいほど。とにかくこの病気について、浅かろうが付け焼刃だろうが知らなければならない。医師をつかまえては質問ぜめにした。さぞ、うるさくお思いだったかと今さらに思う。

この病気は一秒でも早く、医師の診断を仰ぎ、処置を受けることが最も重要なこと。

たくさんの後悔の中で、彼の異常に気づき、すぐさま病院へ向かったことはまだしも良かったようだ。

野坂は自他共に認めるアルコール依存症。

脳梗塞の患者の発症の原因はそれぞれ。野坂の場合は一〇〇%アルコールと加えての過労が引きがねになったのは否めない。

日頃、私の心配、不安、悩み全ては彼のお酒に関することだった。このままでは彼はお酒に殺されてしまう。

「いつかドブにはまって死んでしまうわよ」

何度くり返し諫めたことか。気がつくと私の頭の中はいつもドブ……のフレーズが流れていた。野坂の病気を訴え、アルコールを止めてやってほしいとまわりの方達にお願いをし続けた。残念なことに皆さん、乾杯の一杯くらいとお思いになる。その一口が命とりとなり、本人は倒れるまで飲み続け、家族はそれ以上に苦しく、悲しい日々との戦いとなる。

忘れかけた昔。春の夜だった。

面白い人を紹介するからと呼び出された。私はヒヨッコのタカラジェンヌ。やっと何回目かの東京公演だった。

野坂昭如さんをはじめて見た。黒いグラスの向うの瞳は何も伺い知れず、何か早口で聞きとれず、よくお酒を飲む人だなあ。変なオジサン。が、私の印象。

毎日のようにお誘いの電話が鳴った。彼は慣れたかんじで楽屋に差し入れをくれた。

チキンラーメンのダンボール箱がドンと届けられタカラジェンヌ達はびっくり。たいていはお花やケーキなど美しい物が多い中、即席ラーメンは驚く。まだ珍しいころでもあった。ヒヨッコは小さくなり上級生に配ってまわり「何者?」とからかわれ「わかりません」と答え笑われた思い出がある。

野坂は神戸育ち、六甲山は昭如少年の思い出の地。宝塚は隣りである。六甲山に誘われるまま遊びに行った。

突然彼が言い出した。

「ぼく、マツ毛が無いんです」

エッ？　だから黒眼鏡？　恐い。

「見てくれますか」

黒眼鏡を外した彼の眼は切れ長の、なかなか涼しげな目元だった。マツ毛はちゃんとあった。私は笑いころげ、彼も笑った。私は二十歳。野坂は三十一歳の時。


最近の野坂の文章の中に、「同じ屋根の下にいる妻は、このところ、原稿執筆、講演会など忙しい様子、机に向かい、舞文曲筆の限りを尽くさんと苦心遊ばしている。ぼくは何となくヒモになった気分。邪魔にならぬよう身を縮めている。」という一文がある。それって、彼の一番なりたかった役柄のはず。私って、いい妻。

二〇〇九年十月

【第一章】

その日は突然やってきた

◉夫が倒れた！

映画監督、大島渚さんが倒れたのは、一九九六年（平成八）。国際交流基金に依頼された仕事で、イギリスへの出張中のことだった。二月二一日、ロンドンから北アイルランドへ移動するため、ヒースロー空港へ向かっていたタクシーの中で、大島さんは突然、意識を失う。脳の血管が破れ、頭蓋内部で出血して周囲の脳にダメージを与える「脳出血」を起こしており、部位は「左視床下部」であった。

一方、作家の野坂昭如さんは二〇〇三年（平成一五）五月二六日、自宅で体調を崩し、変調に気づいた妻の暘子さんが車で病院へ運び込んだ。検査の結果は「心原性脳梗塞」。心臓にできた血栓が血流にのって脳の動脈に流れ込み、血管をつまらせて起こる症状だ。野坂さんは左脳の血管の一部に梗塞が見つかった。

倒れた当時、大島さんは六三歳、野坂さんは七二歳だった。

野坂 大島監督が倒れられたという最初のお知らせは、どなたから？

小山 ロンドンの日本大使館のドクターからです。こちらは夕飯の支度にかかろうかという時間だったんですけど、もう、びっくりして心臓が飛び跳ねました。まさに青天の霹靂ですね。大島に病気の予兆がなかったから、「脳出血？　まさか！」と思いました。

野坂 それに外国でしたものね。直接、様子を見ることができないから、どんなにかやきもきされたかと思って。

小山 ドクターからの電話の後すぐ、息子二人と大島の事務所に連絡したんです。長男と事務所のスタッフが数時間後には現地に飛んでくれたんですけれど、私は持病の高血圧があるから日本で待っててって長男に止められて。待つしかないっていうのは、本当につらかった……。次の日の明け方、ドクターからの電話で「意識が戻ってお話をなさいましたけど。手術の必要はないとのことです」って聞いて、ひと安心でした。

野坂さんが倒れられたのはご自宅だったから、せめてもの幸いでしたね。

野坂　ええ。朝の八時頃でした。階下の物音で私は目が覚めて。二階の寝室から降りていったら、彼がリビングにいて、廊下を書斎に向かって歩いていったんですけれど、よろけたり壁にぶつかったりして、足下がおぼつかないんですね。まっすぐ歩けない。最初はまた酔っぱらっているのかと思ったんですけれど（笑）、声をかけても返事がはっきりしないし、これはおかしいと気づいて慌ててかかりつけの大学病院に電話をしました。運良く主治医の先生につながったんです。私の状況説明に「すぐに連れてきなさい」と言われて、車で駆けつけました。

小山　倒れる前日もかなり飲まれていたんですか。

野坂　多分そうだったんでしょう。出掛けると糸の切れた凧で、困った人でしたから。後で野坂に聞いたんですが、本人もその前後の記憶がすっぽり抜けているんです。朝刊を手に持っていたので、帰宅した後、新聞を取りに行って部屋に戻ってきてから発症したのだと思います。それから着替えをさせて。

小山　ご自分で着替えられたの。

野坂　ええ。自分で着替えて、靴をはいて。で、ちょっと玄関のところに段差があるものですから、私が支えながらですけれども車まで自分で歩いて、助手席に乗って行ったんです。

小山　そこまでできたなら、ほんとに早い段階で暘子さんが気づかれたのよ。主治医というのは、以前にかかっていらした？

野坂　そうです。四〇代の後半で十二指腸潰瘍の手術をして、そのときに診ていただいた先生です。あびるほどお酒を飲んでいた人ですから肝臓も悪かったし、その面倒も見ていただいていました。病院に着いて、野坂はその先生の顔を見た瞬間にすーっと意識を失ってしまって。

小山　きっと、ほっとされたのね。

野坂　動転していて、あんまり細かく思い出せないんですが、野坂がお医者様の前で意識を失ったときに、私は野坂じゃなくて、そのお医者様の手をぎゅっと握ってね。私も気を失いかけていたのかもしれません。脳梗塞と分かった後はチームが組まれて、そちらに回されました。処置としてはそんなに遅くはなかったんだと思いますけれども。

小山　一刻も早い処置が必要っていいますものね。大島の場合も、タクシーに国際交流基金の方が一緒に乗っていらして、そこは幸いだったの。後部座席で大島が今までしゃべっていたのに、急に話さなくなって「おかしい」と思って振り返ったら、ばたんとなったんで、救急車ですぐに病院に連れて行ってもらえたんです。

野坂　脳梗塞って国民病といわれるほど日本人に多い病気なんですね。恥ずかしいことに私はこの病気について何の知識もなかったんです。結果的には、おかしいと気づいてすぐに病院に向かったのは正しい判断だったんですが、救急車を呼べばもっと早く病院に着いていたのにとか、常識の範囲内でも脳梗塞について知っていたら……、そんなことを考えてしまって今でも悔やむんです。

小山　ロンドンのドクターから電話が入ったとき、主治医はいらっしゃいますかって聞かれて、以前胃潰瘍で入院したことのある病院から、大島のデータを送ってもらったんです。だから糖尿病であるとか、そういったことも含めて、医学的な履歴をつたえることができたので、とても助かりました。

コラム 1

脳出血と脳梗塞

横浜栄共済病院　脳神経外科部長　北村佳久

●「突然」襲う病気

「脳出血」も「脳梗塞」も、脳内を走る血管が損傷することによって脳の神経細胞がダメージを受ける病気で、これに「くも膜下出血」を加えて、「脳卒中」と総称されます。どのタイプの脳卒中も、通常、突然に起こることが特徴です。

脳出血とは、脳の血管が破れて脳内で出血して周辺の脳細胞が損傷を受けるもので、くも膜下出血は脳の表面にできた脳動脈瘤が破れて出血します。脳梗塞は脳の血管が細くなったり、血管に血栓（血の固まり）が詰まるなどして、酸素や栄養が届かなくなった部分の脳細胞が損傷を受けるものです。

また脳梗塞は、起こり方によって三つに分類されます。脳の細い血管が高血圧のためにさらに細くなって詰まってしまう「ラクナ梗塞」、脳内血管の動脈硬化によって血栓ができて詰まる「アテローム血栓性梗塞」、心臓にできた血栓が流れ込んで脳内の血管で詰まる「脳塞栓」です。

脳は、部位によって働きが異なり、脳血管障害が起きた場所によって、その部位がつかさどる働きに障害が出ます。また神経が延髄のところで交差しているため、右脳にダメージを受けると左半身に、左脳にダメージを受けると右半身に麻痺などの症状が現れます。

「脳は酸素の大食漢」ともいわれ、たとえ短時間でも血流が途絶えて酸素不足におちいると神経細胞が壊死してしまいます。脳の重さは体重の二〜三%にすぎませんが、なんと全身が必要とする酸素の二〇%以上を消費しているのです。壊死してしまった脳細胞はもとには戻りません。生命を取り留めることはもちろんですが、回復後、麻痺などの症状を最小限に食い止めるためにも、発症後はできるだけ早く医療処置を施すことが重要です。

●動脈硬化に要注意!

脳出血と脳梗塞は、一見、異なる病気のように思われますが、両者とも、おもに動脈硬化が引き起こすという点では同類といえるでしょう。

動脈硬化とは、動脈壁が厚くなり、弾力性や柔軟性を失って動脈が硬くなったり、また内腔が狭くなる状態をいいます。つまり、動脈硬化になると血液の流れが悪くなり、血管の中でも血液が固まりやすくなるのです。脳卒中の場合、高血圧などで長期にわたって血液が強い勢いで流れると動脈が傷ついて動脈硬化が進行します。すると脳内の細い血管の壁が壊死して破れ、脳出血を起こします。また、血管の内側の膜が傷つくと、この傷に血液に含まれるコレステロールなどが沈着してアテローム（瘤）ができます。アテロームが血管をふさいで血流を悪くしたり、アテロームがちぎれて血栓となり、血流にのって脳内の血管を詰まらせると、脳梗塞を引き起こすのです。

血液中にコレステロールなどの脂質が多い高脂血症の場合、アテロームが生じる確率がさらに高くなります。糖尿病によって血糖の高い状態が続いても血管の内膜が傷つけられ、動脈硬化の原因となります。

高血圧、高脂血症、そして糖尿病は、動脈硬化の大きな要因であり、ひいては脳卒中を引き起こす大変危険な要因なのです。

●脳卒中の予防

日本では、現在、全国で年間二七万人が新たに脳卒中にかかり、患者数は約二七〇万人、要介護者は一六〇万人に上ると推定されています。これはがんの患者数よりも多く、今後、高齢者の増加にともなって、その数はさらに増えるのではないかと懸念されています。

発病を予防するには、血圧を正常域に保ち、血液が固まらないように注意し、血液の循環がスムーズになるよう心がけねばなりません。それには動脈硬化、高血圧、高脂血症、糖尿病など、いわゆる生活習慣病とも呼ばれるこれらの危険要因を予防、改善する努力が必要です。塩分を多く含む食品を摂らない、甘い物や脂っこい食べ物は避ける、水分をこまめに摂る、大酒を飲まないといった規則正しい食生活や、標準体重の維持、適度な運動、禁煙を心がけましょう。なかでも禁煙は必須項目。たばこの成分は血管を収縮させて血圧を上げ、血液をドロドロにしてしまいます。

さらに、不整脈、心筋梗塞、心臓弁膜症など、心臓疾患をもつ方も要注意です。心臓の動きが乱れてうっ血が起き、血塊ができて血液とともに脳に流れ込む危険が生じるからです。

また、脳卒中に一度でもかかったことのある方は、言い換えれば、体が脳卒中を起こしやすい状態にあるということです。それまでの生活習慣を変えない限り、再発する可能性が高いといわざるを得ません。医師の指導に従って生活習慣を見直し、薬物療法、運動療法で、危険要因の改善を図っていきましょう。

◉発症前夜

社会派映画監督として「白昼の通り魔」「愛のコリーダ」など数々の問題作を発表し、日本の映画界をリードし続けてきた大島渚さん。脳出血で倒れる一ヶ月ほど前、大島さんは「戦場のメリークリスマス」以来、一三年ぶりにメガホンをとる「御法度」の制作を発表し、多忙な日々を送っていた。

野坂 イギリスに出張に出掛ける前、猛烈にお忙しかったんですってね。

小山 オーバーワークもいいところでした。前日に岐阜の白川郷から生放送というテレビの仕事があったんですが、羽田から飛行機で収録現場近くの小松空港に入る予定が、大雪で着陸できずに羽田に戻って、改めて新幹線やら電車やら乗り継いで現地に入りました。だから寝てないんですよ。
番組を見ていたら、いろりを囲んで話している大島や出演者の方の吐く息が白くてね。わあ、ものすごく寒いんだろうなあと思ったんです。で、帰ってきた翌朝にロンドンへ出発しました。
それに、今考えると、「御法度」という映画が決まっていましたから、それまでに頼まれていた原稿書きとか、映画に入るとできないことを全部そこに凝縮してやっていたみたいな気がします。

野坂　でもお元気ではいらしたんでしょう？

小山　ええ。年に二回、夫婦で人間ドックに入っていて、血圧もコレステロール値や中性脂肪も正常の範囲内でしたから。でも大酒飲みなので、若い頃から血糖値が少し高かったんですね。昔からお医者様には「糖尿病だ」って言われてはいたんです。私は血圧が高くて倒れたこともあったので、二人で漢方薬の煎じ薬を毎晩飲んでいました。酔っぱらって帰ってきても必ず飲む、そんなふうに気をつけてはいましたけど、病気になるときはなるんですね。
野坂さんも、特にご病気はなかったんでしょう？　血圧が高いということはありましたか？

野坂　重い持病というのはなかったですね。あ、肝臓は悪かったです。血圧は問題なかったと思います。そういえば、机に向かって原稿書いてるな、よかったと思いきや、自分の血圧を折れ線グラフにして書いていたりして（笑）、そんなことがありましたね。だから、少しは気にしていたんでしょうけれど。

小山　大島は血圧は正常だった。私はお酒も飲まないのに、疲れがたまると血圧が一六〇ぐらいに上がるんですよ。ときどきふざけて、どうしてパパはお酒をこんなに飲んでるのに、血圧が上がらないの？と言ってたんです。でもね、倒れた時は二〇〇に上がっていました。どうしてでしょうね。

野坂　疲労とお酒が重なって。あと睡眠不足と。

小山　野坂さんの場合も同じね、きっと。

直木賞を受賞した『火垂るの墓』『アメリカひじき』をはじめ、『エロ事師たち』『同心円』など、多くの著作をもつ野坂昭如さん。作家だけでなく、シャンソン歌手、作詞家、政治家としての顔をもち、破天荒な言動で、世間の注目を集めることもしばしばだった。

野坂　倒れる前の野坂は、いつにも増して「あなた、何か急いでいることがあるの？」って聞きたくなるくらい、取り憑かれたかのように、食べることもなくお酒を飲んで、睡眠不足。その上、仕事をいっぱい抱えていて。傍で見ていてもぼろぼろ、ハチャメチャな状態でしたね。

小山　睡眠て、何時間くらいおやすみになっていたの？

野坂　もう、こまぎれですね。二時間寝ては、ぱっと起きて、そして書くというよりはお酒を飲むという状態でした。

小山　注意しても聞かないんでしょう。

野坂　その頃の野坂はアルコール依存症でしたから。昔からずっとというわけではないんですが、ひどくなったのは、倒れる一〇年ほど前からでしょうか。この病気をご存じの方には、本人だけでなくて家族も大変だということをお分かりいただけると思います。言葉で言い尽くせないほど苦労しました。

　彼にしても、苦しみながらもどうしても抜け出せなかったんですね。断酒のために、どれだけ入退院を繰り返したかしれません。そんな調子で、ぼろぼろになっていったのが倒れるぎりぎりくらいのところです。

このままではお酒に殺されてしまう。どんなに心配ではあっても、すべての行動を妻が監視するわけにはいかない。私は彼の行きつけの店や周囲の方々に野坂の病気を訴え、「飲ませないでください、止めてやってください」と、アルコールを口にすることのないよう協力してほしい旨をお願いし続けた。

しかし残念なことに、それを完全に理解していただくのは難しく、みなさん、ビールの一杯くらいなら、とお思いになる。その頃の野坂はもう立派なアルコール依存症。その「たったひと口」のために、あとが止まらなくなることはなかなかわかってもらえなかった。

お酒が入った野坂の話は面白く、さぞや魅力があったのだろう。彼の思いつきはどこまでもふくらんで、海賊船の船長のように見えたに違いない。周りの人はもっともっとと囃《はや》し立て、お酒を注ぎ、ピノキオの鼻はどんどん長くなっていった。テレビ出演や公開のトークショーでも、彼だけは「飲みながら」が許されていて、それがまた「野坂昭如」のスタイルでもあった。

ボロボロになって帰宅する野坂。ひとときも目を離さず、とにかくアルコールを抜くためによいということはすべて行う。よれよれのドブネズミがどうにか息を吹き返す頃、こちらがよれよれになる。私がうとうとした隙に、気づくと……こんな繰り返しをどれほどしたことか。どんなに諫《いさ》めてみたところで、本人の耳に届きはしなかった。

――野坂暘子著『リハビリ・ダンディ』より

小山　うちもね、大酒飲みでしょう。さっきも少し話しましたけど、若い頃から糖尿病で、結婚したときに体重が九八キロあったんですよ。出会った頃は六〇キロくらいで、細くて好きになったのに、契約違反じゃないかと思うんですけれども（笑）。それで一度ひどく体調を崩しましてね。医者に糖尿病なんだから体重を落としなさいと注意されて、二〇キロ落としたんです。「和田式」という減量法だったんですが、家族も協力しました。

野坂　うろ覚えですが、九品目の食品を必ず摂るというものでしたっけ。

小山　そうです。いろいろ細かい決まりがあって、一日二食、お米やパンなど、炭水化物は禁止。飲み物もコーヒーや清涼飲料水、お酒も禁止なの。でもお酒だけは止めさせられなかったですね。朝からビールを飲んで、ウイスキーも浴びるほど飲んでましたね。

野坂　野坂という人は文字通り、糸の切れた凧。何日も帰ってこなかったり、そんなことは日常茶飯事でしたね。探しようがないんです。分かるだけのホテルに電話をかけて、聞き出したこともあります。編集者の方に野坂がどこにいるか聞かれると、逆にそちらで分かったら教えてくださいとお願いしたりしていたくらいです。ですから、この人はいつかドブにはまって死ぬって、そう思いました。近ごろドブも見かけませんけど(笑)。

小山 つまり、野坂さんも大島も不健康な生活をしていたということね。

野坂 いつ倒れても仕方ない状態でしたね。でも、目の前にいないんですもの、止めようがなかった。

小山 その点はね、大島はスケジュールどおりの人で、事務所のスケジュール表を見れば、どこで何をしているかは一目瞭然だったの。朝早いのも平気でしたしね。朝の「やじうまテレビ」に出演していた頃は、週一回四時半にお迎えが来てましたから。

それに、夜はどんなに遅くなっても一度家に帰る、いかなることがあっても外泊はしないというのが、結婚したときからの約束でした。映画の撮影で何ヶ月か家を空けるのは仕方ないけれども、日常でどこかに泊まるってことはしないと約束したんです。自宅は藤沢だから、東京から帰ると車でも時間がかかる。それでも夜中の二時でも三時でも、ぐでんぐでんに酔っぱらっていても帰ってきました。

野坂 そういう約束を守るってすごい。うちはひとつも守らなかった。問い詰めても魔法のよ

うに嘘が出てくるんです（笑）。本人もどこまでがホントで、どこから嘘か分からなくなってる
に違いないと思うくらい。

小山　でも女の人がいるとか、そういうことはなかったでしょ、野坂さん。もてたかもしれな
いけど。

野坂　それは分からないの。分からないから怒りようがないの（笑）。

小山　そうね、私もそう。私が知らないことはなかったことだからいいわって（笑）。

野坂　不思議だったのは、酒浸りになっていても何ヶ月かたつと、すぱっと止めるんです。そ
のときには、非常に規則正しい生活をして、いままでの自虐的な野坂はどこにいってしまった
んだろうと思うくらいにけろっとして、いい亭主になるんですね。スポーツにいそしんで、ラ
グビーチームをひっぱって、執筆活動をきちんとして。

小山　がらっと変わっちゃうのね。

野坂　そうなんです。そこらへんが不思議でしたね。

小山　二面性があるのね。

野坂　運動しているときはいいですけれども、飲み出したら止まらない。不健康きわまりない
日常が再び始まる。その繰り返しです。

野坂さんは、ラグビーチーム「アドリブ・クラブ」を主宰。担当編集者らもメンバーとなって参加した

ただ野坂という人はお酒で暴れたり、異常な行動をとったり、怒鳴ったりとか一切ないんです。家族にも、誰に対しても乱暴するとか、そんなことはしません。ただ家族から見ると、毎日飲んで、どんどんぼろぼろになっていく彼を見て、何もできないという苦しさ、それが一番つらかった。

小山　倒れた後、もう少し厳しく言っておけばよかったとか、こうすればよかったなとは思いました？

野坂　いいえ、思いませんでした。どんなに言っても生活は変わらなかったんです。もしそれ以上のことをしていたら、たぶん野坂は家に帰ってこなかったでしょうね。私のほうもぎりぎりいっぱいでしたし。

小山　同じね。大島も、いつもすごく飲んでいたけど、「飲み過ぎじゃないの」と言ったことはないんです。ずっと昔、結婚したばかりのときは言いましたよ。大島が撮った「日本の夜と霧」という映画が突然打ち切りになって、松竹とけんかした後で、連日連夜、仲間たちと家で酒盛りされて、さすがに「お酒と私と、どっちが大事なの」って、本気で言いました。困った顔をしてましたけど（笑）。でもこの人、私がいなくても生きていけるけど、お酒がなかったら生きていけないと思ったんです。それで、「もう絶対にあなたにお酒のことで言わないから、その代

新婚時代、仮住まいだった赤坂のアパートは、大島監督と友人たちの酒盛りの場と化した

わり自分で健康管理をしてください」と宣言しました。

食事に関しては、家族で和田式に挑戦したりして気を遣いましたけれど。ある意味、彼の人生なんだから、お酒のことは私がとやかく言うことじゃないと思っていたの。

野坂　監督のお酒は、発散型なのね。

小山　そう、誰かと飲んでるのが好き。家ではあんまり飲まない。ストレス発散のお酒だと思っているんですけれどもね、でもお酒は病気に影響したと思います。後で話を聞いたら、ロンドンでも倒れる前日、講演が終わった後、いい気持ちでたくさんお酒を飲んだって言ってましたから。すごくいい調子だったと。だから、飲めたのがいけないのよね。

小山さんと大島監督の初めての出会いは一九五五年、小山さんの二作目の映画『新婚白書』でのこと。この映画で助監督を務めていたのが、大島さんだった。

当時、彼は二三歳。京都大学を出て松竹に入社したばかりだというのに、すでに「生意

大島渚さんと小山明子さんは、1960年に結婚。新進気鋭の映画監督と人気女優のカップル誕生は大きな話題となった

気な助監督」として名を知られていた。他のスタッフがラフな服装をしているなか、大島だけがスーツ姿でネクタイを締めていたり、白いセーターを着ていたり……。「汚れやすいところだからこそ、きれいな格好をするべきだ」と考えていたらしい。

といってもそのときは「なるほど、生意気そう」と思ったぐらいで、これといった会話もしないまま撮影終了。お互いの存在がなくてはならないものになったのは数カ月後、京都で再会してからのことだ。私は『晴姿稚児の剣法』という映画に出演するために、大島は別の作品の助監督として、たまたま同じ時期に太秦の松竹撮影所にいたのである。（中略）

付き合い始めて三年目に些細なことから大喧嘩をし、このまま別れてしまうのだろうと思った時期もある。けれど、口もきかず手紙も交わさない一年が過ぎたころ、大島から一枚の葉書が届いた。そこにはついに監督としての第一歩を踏み出すという知らせと共に、こんな言葉が綴られていた。

〈あなたには、誰より先に喜んでいただきたい……〉

数日後、横浜まで会いに来てくれた彼に私は告げた。

「私、あなたのお嫁さんになることにしたわ」

——小山明子著『パパはマイナス50点』より

コラム 2

肝臓とアルコール

せんぽ東京高輪病院 院長 与芝真彰

●アルコールは麻酔剤

禁酒禁煙は健康の秘訣ですが、酒とタバコについては一緒にできないところがあります。喫煙は、どうあっても健康にはよくありません。禁煙は基本です。しかし「お酒は百薬の長」という諺もあるほど、飲み方に問題があるという点で、それ自体が体によくないタバコとは異なります。

お酒ほど毀誉褒貶《きよほうへん》の多い飲み物はないでしょう。「お酒は飲んでもいいでしょうか」と患者さんに聞かれると、もちろん、その方の症状にもよりますが「ほどほどに」とか「たくさん飲まないほうがいいでしょう」とか、答えることが多いのです。

お酒は本来麻酔剤の一種と考えてよいと思います。外科手術で麻酔剤を使うとき、麻酔剤を点滴し始めて間もなく、抑制がとれて、お酒を飲んで酔っぱらったような興奮期があります。この時期には半分意識を失った患者さんが大声を出したり体を動かそうとしたりします。よい麻酔剤だと、この時期がすぐ終わり、「麻酔がよく効いた」安定した麻酔状態に入ります。

アルコールの場合は、この興奮期が長く続き、酔っ払って気持ちよくなるのです。しかし、何といっても本来が麻酔剤なので、この時期を過ぎると急に深昏睡に陥ります。しかも安定した麻酔期が短いので、間もなく呼吸が乱れたり血圧が低下したりして、場合によると死に至ることがあります。これが「急性アルコール中毒」です。

健常人のアルコールの代謝速度は一時間日本酒一合程度といわれているので、これを上回る速度で飲酒を続ければ、たちまち「急性アルコール中毒」状態におちいります。適量を心得て、無茶飲みしないことが大切です。

お酒に強いか弱いかは、アルコール代謝系の能力の差で決まります。アルコール・デヒドロゲナーゼという酵素の活性が強いとアルコールがすぐ代謝されて、血中のアルコール濃度が上がらず、即ちお酒に強いことになります。一方、二日酔いの原因は、アルコールが代謝されてできるアセトアルデヒドによるとされています。このアセトアルデヒド・デヒドロゲナーゼの代謝の悪い人はお酒が弱い、飲んだら二日酔い、ということになります。

●アルコール依存とアルコール中毒

生理的にアルコールを受け付けない人もいれば、酒豪といわれる人もいます。始めから

「のんべえ」という人はいません。大半の人は、お酒をたしなみ始めたころは、すぐ赤くなったり動悸がしたりしても、飲み続けるうちに徐々に慣れて、飲酒量が増えていきます。

成人男性では、五〇代まで飲酒量は増えるといわれています。

酒を飲む機会が増えて、なかには習慣的飲酒に移行していくと、「酒が強い」という状況になり、そのうちに、アルコールなしでは生活できない、アルコール依存の状態になります。アルコールには、こうした麻酔剤の作用と同時に麻薬のような側面があります。アルコール依存も初期ならば自分の意志でやめられますが、依存が長期化すると自らの力ではやめられなくなります。

この状態が長く続くと、徐々にアルコールの毒性により、種々の臓器に慢性の障害が起こってきます。これが慢性アルコール中毒です。侵されるおもな臓器は中枢神経系と肝臓です。心臓などほかの臓器にも大なり小なり影響が現れます。

●アルコール性肝障害と積算飲酒量

アルコール性の肝臓病は、このようなアルコール依存から慢性アルコール中毒へ移行していく過程で起こるアルコールによる肝障害です。アルコールは相当な期間、継続的に飲酒して徐々に肝臓を障害します。蓄積毒性とでもいうのでしょうか。よく「毒にも薬にもなる」といいますが、適量なら薬でも、蓄積すると毒性を発揮するのです。

アルコール性肝障害の進展度は、それまでに飲んだアルコール量で決まります。アルコールの耐容性は個人差が大きいので、一概にはいえませんが、積算飲酒量（生涯に飲むアルコール分の総量）を気にしながら、耐容量を超えることのないよう心がけたいものです。積算飲酒量の計算は簡単です。飲んだアルコール飲料のアルコール度数でアルコール量を計算し、加算していきます。私たちは、男性は一トンあたり、女性はその半分位から警戒ラインと考えています。

肝硬変になるかならないかは、この積算飲酒量で決まります。休肝日を週に二日つくっても、ほかの五日大酒を飲んでいたら、何にもなりません。ただし、もし休肝日をつくるなら、決まった曜日にするべきです。それが守れる人はアルコール依存になっていないということになるからです。

すでに肝炎になっている人の飲酒について、厳禁するという考え方から、肝炎とアルコール性肝障害とは、異なるので禁止しなくてもよい、という考えもあり、バラバラです。その方の病状によりますが、厳禁とはいかないまでも制限する考えが一般的です。量としては、アルコールが肝毒性をもつのは、日本酒で計算すると二合程度とされているので、それ以内、できれば一合までを目安にすればよいのではないでしょうか。

◉マスコミという「敵」

「脳出血」も「脳梗塞」も、ダメージを受けた脳の部位がつかさどる身体機能が不自由となる。大島さん、野坂さん共に左脳にダメージを受けたため、利き腕のある右半身が麻痺。また言葉をうまく発声できない、といった言語障害を起こしていた。

小山　国際電話ですけど、四日後、ようやく大島と初めて話をしました。安心したのも、ほんの一瞬で、大島が自分は今アフリカにいるようだって言うんです。「イギリスでしょ、ロンドンでしょ」って言うと、今度は「いや、アメリカのユタ州だ」って言ったり……。意識も記憶も混乱しているようで、自分の置かれている状況がつかめてないし、倒れたこと自体、分かってなかったみたい。

野坂　うちもまったくそうでした。野坂は翌日に意識が戻ったんですが、うつろな表情で、自分に何が起きたのか分かってない、言葉もうまく出てこない様子でした。

さっきもお話ししましたが、恥ずかしいことに私は脳梗塞の知識が何もなくって、初歩的なことから薬のことから、お医者様に質問しまくってましたね。迷惑がられていたかもしれませんけれど。そうして、教えてもらったことを一つずつ理解して、自分がこれからどうすべきか、判断していったんです。

小山　まず看護する側が症状を納得しないとね。それは暢子さんが正しいと思います。そばで見守ることができたのが、何ともうらやましい。

私なんか、息子から送られてくるファックスを読めば順調に回復しているのは分かるんですけれども、この眼で様子を確かめられないもどかしさと、自分が何もできないという無力感に押しつぶされてました。だから脚本を渡されていた二時間ドラマも台詞を覚えるどころじゃなく、直前でキャンセルせざるを得なくなってしまった。私は女優としても責任を果たすことができない、と自信をどんどん失っていって……。「うつ」にはまりこんでいく最初の頃ね。

ともかく、大島に早く帰ってきてほしい、一日千秋の思いとは、このことを言うのかとつくづく実感しました。

野坂　私のようにそばにいても不安でいっぱいだったのですから、離れていて、しかも外国では、どんなにかおつらかったかとお察しします。

小山　それと、マスコミ対策が大変でしたね。「御法度」の制作発表をする前だったら、マスコミに対して極度に神経質にならずに済んだかもしれませんけど、「大島渚再起不能か」なんて興味本位に書き立てられて、映画会社やスポンサーの腰が引けるようなことがあってはいけないと思って、そのことにものすごく神経をすり減らしました。

「御法度」のために、大島がどれほど時間をかけて入念に準備をしてきたか、それを知ってますからね。私がロンドンに行けなかったのも血圧のせいだけじゃなく、そんなに重症なのかってマスコミが大騒ぎになって、今後の大島の仕事に差し障りが出てはいけないと周囲から止められたからなんです。

野坂　マスコミの目が光っているというところが、一般の患者さんと違うところですよね。

小山　野坂さんも倒れられたとき、すぐメディアに出たんでしょう。

野坂　次の日に、某スポーツ新聞に載ってしまいましてね。

小山　不本意よね。

野坂　もう思い出したくもないんですけれども。私の親しくしていた人が、新聞記者に話したんです。関係者じゃないと知り得ないような細かな内容で、ご丁寧に脳の図解入りで病状が説明してありました。病院に対しても抗議しましたけれど。謝られましたけれど。

小山　守秘義務があるはずですもの。

野坂　記事を書いた記者も、野坂が信頼していた人だったので、虚しくて悲しくて。少しでも交流があったなら、家族の気持ちも考えてくれてもいいのではと……。何よりも、信じていた人に裏切られたってことが、つらかったですね。こういうときにいろんなことが分かるんだなあとも思いましたけれど。これから先、野坂や家族を守れるのは私しかいないんだという思いを強く持ちました。

「女性は人類ではない」と発言して、世間を驚かせた野坂さん。それはちょうど、暘子さんと交際中のことだった。「私も女性ですけど！」と詰め寄る暘子さんに、野坂さんは「あなたは神さまです」と答えたという。

作家の野坂昭如さんは、元タカラジェンヌの暘子さんと1962年に結婚。出逢った頃、暘子さんはまだ19歳だった

初めて彼と会ったのは、すみれの花もお辞儀をするピチピチのタカラジェンヌだった十九歳の春。

多分、あれは初舞台から二度目の東京公演のとき。ある方から「あなたに面白い人を紹介するから」と声をかけられた。その方は当時、宝塚に出入りを許されていた数少ないお一人。いつもジェンヌに囲まれていた。

私も上級生たちのように彼のおよばれにあずかった。同期の友人と約束の場所に出向いたのは、大人の雰囲気のする銀座のバー。紹介されて目の前に座った男性は、夜だというのに、まして店の照明は薄暗いにもかかわらず、真っ黒のメガネをかけている。

目が悪いのかしら。いや、そうでもなさそう。あんなメガネをかけてよく歩けるなあ、変わった人……。正直な私の感想である。場所を赤坂のクラブに移し、黒メガネの人はわけのわからないダンスを踊り、私はクックと笑った。その男性が野坂昭如という人だった。

彼の『プレイボーイ入門』から拾わせてもらうと、戦後、日本の理想を一身にまとったのがプレイボーイ、その典型が自分ということのようだった。それは当時、常にかけていた黒いサングラスと、三十歳過ぎても独身でいたせいとか。(中略)

その頃の彼は放送作家。また、いずみたく氏とともにコマーシャルソングの作詞を数多く手がけていた。『セクシーピンク』『カシミロン』『ハトヤの唄』など三百五十曲以上の作詞がある。知り合った当時は小説家を目指していた頃だった。

ともかく、出会いから二年後、彼と私は夫婦になった。

——野坂暘子著『リハビリ・ダンディ』より

【第二章】

心の中の嵐

◉「うつ」の足音

野坂　監督は倒れられてから、どれくらいで日本に戻っていらしたんですか。

小山　だいたい三週間ですね。飛行機は上空で気圧が下がるから、脳にどんな影響が出るか心配で、兄に頼んで付き添いをお願いしました。私の兄は外科医なんです。高崎にある病院の院長をしていて、看護師長さんを連れて迎えにいってくれました。無事に日本にたどりついて、そのまま東京の病院に入院したの。

でもね、その頃のことは、私自身、混乱していて記憶があいまいなんです。

野坂　日本に戻られても、すぐに安心というわけにはいかなかったんですね。

小山　大島が帰ってきたら、つきっきりで世話をしようと思っていたのに、実のところ見舞いもままなりませんでした。私が頻繁に出入りすると、大島が入院している病院をマスコミに気づかれてしまうでしょう。周りの意見もあって、夕方にこっそり病室に行ってほんの数時間で帰らなければならない。そんなに注意しても、どこかから情報が漏れてしまって、新聞にわーっと書き立てられました。

野坂　本当に腹立たしいですよね。

小山　記事が出るってことは事前に分かったので、すぐに事務所と映画会社が共同で記者会見を開いて、大騒ぎにならずに済んだのですが、私はいっそう神経質になっちゃって。それにね、ちょっと怖いこともあったの。

野坂　ええ?

小山　大島が帰国するとき、向こうでお世話になった大使館の方たちへの御礼の品を兄に一緒に持って行ってもらおうと思って、買い物に出掛けたんですね。そうしたら、しばらくして郵便受けに「オ、シマもダメだけど　アキコもデンシャで　デパートにイクヨジャ　もうオシマイダネ。」って書かれた紙が投げ込まれていたの。

野坂　まあ、いやですねえ。

小山　振り返ってみても、この手紙がうつになる決定的な引き金だったような気がします。

野坂　ただでさえ、精神的にきつい状況でしょう。そんなときに……。

小山　お見舞いにもろくに行けず、看病もできなくて家でじっとしていると、悪いほうへ悪いほうへと考えが傾いていくのね。

映画に命をかけている大島なのに「御法度」が撮れなくなってしまったら、どんなに彼は絶望するだろう、とか、私も介護で仕事ができなければお金の稼ぎ手がいなくなるし、映画の違約金や賠償金を払うために、家を売らなくてはならないかも……、なんてきりがないの。あげくに「我が家はもう破滅です」なんて息子に口走ったりして。

未来への不安が募って、大島が帰国してからは、まったく眠れなくなってしまいました。

野坂　眠れないのは苦しいですよね。私も介護が始まった頃は落ち込みがひどくて、やはり眠れませんでしたね。そのうち黒い幻影のようなものが見えたりして、怖かったです。私が疲れ切っているのが主治医の先生に伝わったのか、「介護する側が倒れたら大変、眠るのが大事」と言われて、睡眠導入剤を処方してくださって、それを飲むようになりました。気持ちが安定するようにと、抗うつ剤も処方していただいているんですよ。

小山　それは今も？

野坂　はい。とても疲れたときなど、少しでも楽になるなら薬のお世話になるのもよしとしようと思ったんです。介護は長丁場ですからね、せめて少しでも明るい気持ちで過ごしていこう、それが野坂のためにもなると思いましたから。
不思議に「なんでこんなことに」とは考えなかったんです。だって世の中には同じ経験をされている方がたくさんいらっしゃる。「こうなったら仕方がない！　やるしかない！　これは人生二幕目の舞台の幕開けだ！」って思えたんですね。それがよかったみたいです。

小山　暘子さんの、その前向きな考え方がほんとに大事なのね。私は、そこにたどり着くまでにずいぶん時間がかかってしまいました。

夫の看病もできない自分を責めるあまり、「妻失格」「人間失格」の思いを深めた小山さんは、とうとう自殺願望を抱き始める。自殺覚悟の失踪騒動の後、家族は、小山さんを大島さんと同じ病院の精神科に入院させた。抗うつ剤を処方され、徐々に落ち着きを取り戻していくものの、大島さんの退院に合わせて、小山さんは強引に退院。
うつは、完治していなかった。

コラム 3

介護とうつ病

東海大学医学部付属東京病院・基盤診療学系 教授 保坂 隆

●介護される人のうつ病

高齢者のうつ病の特徴は、気分の落ち込みより、身体症状の訴えが多いことです。加齢とともに体力が落ちていること、脳血管障害の後遺症など、体の不調は無理からぬこととして見逃しがちですが、うつ病発症のサインであることも多いのです。また、うつ症状で悲観のあまり意欲をなくしているのか、認知症の症状なのか、見極めがつきにくいところがあります。認知症を発症している方で、うつ病を発症している場合もあります。

気をつけなければならないこととして、高齢者のうつ病は自殺率が高いことが挙げられます。これは深刻な問題です。うつ病にかかる高齢者は一人暮らしや夫婦二人暮らしという場合が多く、こうしたことを阻止するには、周囲や地域の見守りが必要です。孤独におちいらないよう手立てを講じていく態勢が、地域で進められています。高齢者を看護または介護する際に注意しなければならないこととして、厚生労働省のウェブ・サイトでも慶応義塾大学保健管理センターの大野裕教授らによる「うつ予防・支援マニュアル」が掲載されています。

特に脳血管障害の後遺症としてのうつ状態や、一人暮らしのひきこもりなど、家族や周囲が気づきにくい点などについて、細かい報告があります。気づいて治療をすれば、すこやかな生活を取り戻すことは可能です。

●介護する人のうつ病

問題は、介護する人のうつ症状です。介護疲れで無理心中しようと夫(妻)に手をかけたという類の事件が後を絶ちません。他に方法はなかったのか、なぜ誰かに相談できなかったのか、何とかならなかったのか、考えさせられます。責任感が強く、一人で奮闘してきた人がおちいりがちな「もう頑張れない」という切迫した心理状態でしょうか。

「お年寄りは住み慣れた所が一番」という決まり文句があります。地域で高齢者介護を支援する、という働きかけが、思いがけず介護する人にはプレッシャーになることもあります。しっかり準備万端で介護が始まるわけではありません。責任感の強い人ほど、一人で奮闘する傾向にあり、力尽きそうになる自分が歯がゆく思えたり、頑張れない弱い自分が情けなく思えたりするのです。

どのくらい、その人が頑張っているか、食べているか、寝ているか、本人以外に把握している人が必要です。そして「眠れない」という初期のサインを見逃さないで、まずはゆっくり睡眠を確保するよう、周りの人が進言したほうがいいでしょう。本人が自分から医師に相談することが難しそうなら、周囲の人が、あるいはかかりつけ医が、早めに気づいて、「夜、よく眠れていますか?」と気遣いすることが必要です。

特に、女性の場合は、更年期が終わって、ようやく長いトンネルを抜けた、というとき、夫の病気や経済的ひっ迫や一人暮らしが引き金になって、うつ症状になることがあります。また、普段から体力に自信のある人ほど、ささいなことがきっかけで気持ちが落ち込んでいく経験をします。うつ病というと、働き盛りの人のストレス病のように思われがちですが、女性の場合は、四〇代より、六〇代、七〇代の患者数が多い、という報告があります。この年代はすなわち介護世代でもあります。

最近は、介護する人の心身の健康についても徐々に理解されるようになりました。介護に限らないかもしれませんが、一人で抱え込まない、ということを誰もが知っていたいと思います。

●介護する人とされる人の元気は正比例

在宅療養患者の医療を行うとともに、介護する家族の疲れを癒すための、「レスパイトサービス」「レスパイトケア」について関心が高まっています。デイケアセンターの利用も、介護ヘルパー派遣も、介護家族に休息の時間をつくる一環と位置づけられています。デイケア、ショートステイなどは、よく知られているように、介護の必要な人を、専門のスタッフのいる施設で預かる制度です。

介護される人本人の意思も尊重しなければなりませんが、介護する人のいわゆる「介護疲れ」を軽減するためにも、レスパイトサービスの利用は必要なこととの認識が定着しつつあります。地域医療連携に力を入れている病院では、「介護の休養を目的」として、二週間程度のレスパイトケアを行っているところも増えてきました。

介護する人の朗らかさは介護される人に伝わります。逆の場合もあります。「うつはうつる」と言葉遊びのようにいわれますが、うつ症状の人のそばにいると、それを受け止めようと心の波長がそろっていくことは考えられないことではありません。

要は、介護する人を一人にしないことです。一般的には、うつ病の人には、休養をとること、頑張らせないこと、無理強いしないことが原則です。

介護する人のうつ病は、それに加えて、体調管理や、細やかな生活の援助などの周囲の支えによって、一人ではないという安心感を持ってもらうことが、回復につながっていくと思います。

コラム 4

「レスパイトケア」の重要性

社団法人シルバーサービス振興会 企画部 部長 久留善武

●「レスパイトケア」とは

介護保険制度は、高齢者がたとえ介護が必要な状態になっても、住み慣れた地域で暮らし続けることが可能な社会をめざしています。これを可能とするためには、介護保険制度をはじめとした公的施策の充実はもちろんのこと、各種民間サービスの充実や日常の介護を担っている家族等に対するさまざまな支援策も重要となります。

介護は、個人差はあるものの、どうしても長期化、重度化する傾向にあります。この過程で、介護者の心と体の健康状態、金銭面の問題も含めた将来への不安なども大きくなっていきます。また、家族に過度な負担をかけることは、利用者自身の負い目や不安につながってしまい、自立に向けた意欲の低下を招いてしまうこともあります。

介護保険サービスは社会保険方式であり、被保険者（利用者本人）に対するサービスの提供が基本となりますから、家族等のニーズに対する直接的なサービス提供は認められていません。しかしながら、介護者である配偶者、親、子が高齢であることや自身が病気や障害を抱えているケースも珍しくありません。また介護者が、冠婚葬祭等へ出席することや、通院や入院するなど、一時的に介護ができない場合もあります。さらには、映画を観たり、友人と会ったりするなど介護者自身の気分転換（リフレッシュ）の時間を確保することも、長期化、重度化する介護の過程においては重要なこととなります。

このため短期入所生活介護（ショートステイ）サービスのように、要支援、要介護者を一時的に施設等で預かり、この間の時間を家族や介護者に自分の時間として過ごしてもらったり、休養に充てていただく――このような目的で利用できるサービスを「レスパイトケア」といいます。

夜間対応型の訪問介護、通所介護、介護者の負担軽減を目的とした福祉用具の活用、民間の託老所（一時預り）的なサービスなども、ご家族の休養やリフレッシュ等の為の利用であればレスパイトケアといえるでしょう。

●介護を一人で抱え込まずにプロに任せる

介護は長期化、重度化していきますから、介護者の心と体の健康も長く維持されなければなりません。介護保険制度には、さまざまなサービスが用意されており、それぞれに専門の知識や技術をもった「介護のプロ」がいるわけです。したがって、介護を一人で抱え込まないで、こうしたプロの方々と負担を分け合うことも重要なことなのです。

当然、介護事業者や専門職の方も、任せていただけるだけの知識や技術をしっかり身につけ、これを常に向上させ、より利用者の立場に立ったサービス提供に努めなければなりません。

このように医療や介護の分野では、さまざまな経験を積み上げていくことが、結果として知識や技術の向上につながり大きな力となっていくのです。したがって、レスパイトケアを活用することを、ためらう必要はないのです。積極的に活用しましょう。

◉リハビリがスタート！

野坂さんは良好な経過をたどり、集中治療室からほどなく一般病室へと移された。梗塞を起こした左脳の部位は広がらず、容態は安定する。

小山 リハビリはいつごろから始まりました？

野坂 早かったですね。入院して二、三日してからです。

小山 すごく早い段階で始めるのね。大島が最初に倒れたのが、今から十三年前でしょう。イギリスでは症状が安定していれば、意識がまだ朦朧としているようなときでも看護師さんが手足のマッサージやストレッチをしてリハビリを始めるんだそうです。それが後々、早い回復につながるらしいんですが、日本でも今、「早い段階でのリハビリ開始」が当たり前になってきていますね。

野坂 ベッドの上で起き上がったり、座ったり。歩行器につかまって立って歩いたり。

病室内のトイレに行くのも訓練でしたけど、支えながらやっとの思いでトイレまでたどりつくと、一人で大丈夫だからドアを閉めてって言い張るんです。シャイなので仕方ないかなとも思うんですが、中で何かあると困るから、鍵だけはかけないでと頼んでも、かけちゃう。困った人なんです（笑）。一週間後くらいから、リハビリ室で筋力低下を防ぐためのトレーニングが始まりました。バーにつかまりながら立ち上がって、最初の一歩が出たときはすごく嬉しかったですね。

小山 ほんとにそうですね。大島は脳出血のあと、何年かして十二指腸潰瘍をやって五ヶ月間入院したんです。リハビリも一からやり直しになっちゃったんですけれど、そのときは「もう歩くのは無理でしょう」と担当医に言われてしまってね。それだけ大島の状態がよくなかったということなんでしょうけれども……。

野坂 最初から否定するようなことは言ってほしくないですよね。だって、お医者様の言葉、言い方ひとつでこちらの気持ちがものすごく左右されてしまうんですもの。何事もやってみなければ、分からないのに。

小山 そうでしょう？　だから大島がもう一度頑張って一歩、歩けるようになった瞬間には、私

自宅の庭でリハビリに励む野坂さん

もガッツポーズでしたよ。

野坂　我がことのように、嬉しいものですよね。私、言葉には薬以上の効果があると思っているんです。いい意味でも、悪い意味でも。

小山　介護がスタートした時期、いろいろきつかったでしょう。暘子さんお一人で対応されたの？

野坂　娘が二人いるんですが、野坂が倒れた頃、長女はすでに嫁いで二人の子育て中。次女はタカラジェンヌで関西におりましたので、家には私しかいません。私がするしかなかったですし、それにその頃の記憶も定かではないのですが、無我夢中で「大変」と考える間もなかったという感じでしたね。朝起きたら当然のように、これとこれを用意して持って行って、と、ぱぱぱと考えて、気がつくと足がそっちに向いていたというか。

病状が二週間ほどで落ち着いて、家から車で三〇分ほどのリハビリ専門の病院に転院してからは、車で通えたのですごく助かりました。

小山　脳出血のときは、うちも東京のリハビリ病院をすすめられたんですけれども、大磯にある病院に変えたの。藤沢から東京まではとても通いきれなくて。週に四回、大磯に通いました。大島はリハビリには熱心でしたよ。家でも病院でも、こちらが頭が下がるほど、真面目に取

母娘3人がタカラジェンヌの野坂家、家族の肖像。長女・麻央さん（右端）、次女・亜未さん（左端）、そして野坂夫妻と愛猫ネージュ

り組んでいました。

野坂　お偉いですねえ。うちなんか、怠けて怠けて（笑）。そばにトレーナーさんがいるときは素直にやるんですが、ちょっとよそ見をしたり席を外したりすると、すぐさぼる。野坂らしいといえば、野坂らしいんですけど。

小山　大島の場合は、早く回復して映画を撮りたいという思いがあったからなんですが、それにしても大島は愚痴ひとつこぼさずに、通いましたね。

野坂さんもそうでしょうけれども、腕や手の指を使う動作をできるようにするための作業療法というのは、つらいだろうなと思いますよね。お手玉をもってぽんと放り投げる、豆を指でつまんで容器に移したり、紙コップを積み重ねたり。単純な作業なだけに、できないのがつらいだろうし、いらだたしいだろうし。

野坂　リハビリ病院に六ヶ月入院していたんですが、朝から晩までリハビリで、野坂はうんざりしていたと思います。私もそばで見ていて、少しずつ訓練のやりかたを習得しましたから、野坂に合った方法で家でも訓練できるように思えてきたんです。

退院を申し出たら、もう少し完璧になってからのほうがと引き留められましたけれど、野坂は物書きです。家に戻って、書斎で机の前に座らせてあげたかった。それが一番いい治療法だと思いましたから。

小山　その通りね。

野坂　週に三日、病院に通いながら自宅でリハビリを始めたんです。ところが、自宅に戻ったとたんにワガママじいさんになっちゃって（笑）。朝は寝坊だし、すきを見ては布団にもぐりこもうとするの。襟首つかむようにして、追い立てて、歩く練習をさせて。

小山　様子が目に浮かびます（笑）。

野坂　病院からは、椅子から立ったり座ったりを一日百回ぐらいやってくださいと言われていて、これ、なかなか体がきつくて大変なんです。しかも野坂のことですから、案の定、何回かやるとすぐにさぼろうとするんですよ。

それでとっさに思いついたのが、兵隊ごっこ。私が鬼軍曹になって「野坂二等兵！　立ち上がって！　敬礼！」って号令をかけて、二人でぴっと敬礼する（笑）。間髪を入れず「名前は？」「……アキユキ」「声が小さい！　もう一度！」なんてことをしています。敬礼して名前を言う間は立ってないといけないでしょう。バランスです。声を出すのもリハビリ。毎回アドリブも違いますから、お互いに緊張して鬼軍曹がつっかえたりしてすごくおかしいの（笑）。

小山　なるほどね。それはいい訓練ね（笑）。

野坂　訓練なんです。どこでもそれをやるわけ。ベッドでも。椅子でも。もう一回、さあもう一回立って、立ってって、立ってと。

小山　立ったり座ったりがリハビリの基本ですからね。

野坂　一番大事だそうです。でも油断するとすぐに回数をごまかすんですよ（笑）。早く終わろうと回数を多く。私は一回でも多くやらせたくて数を少なく言う。最後にはどっちだか分からなくなっちゃって、二人とも笑っちゃうんですけれども。

小山　まさに野坂さんオリジナルのリハビリ法ね。

野坂　最近も、ちょっとユニークな方法を思いついて。お風呂上がりにエステと称してリンパマッサージを始めたんですが、とても気持ちがいいようなんです。「さっ、お目のまわりのたるみを取って老廃物をリンパに流していきますよ」。とたんに野坂の首がスッと伸びる。「次はお顔の表情筋を鍛えましょう。口を思い切りアの口であけて、目も同時に思い切り見開く！　アーッと大きな声で、そのまま思い切り舌を出してください。ベーッ」（笑）。楽しくておかしくて、顔の筋肉を動かすとてもいい運動になります。美容にもいいんですって。小山さんもぜひ監督とご一緒に遊んでください。

小山　そうね、楽しそう。こんなふうに介護している方それぞれのリハビリのアイデアを持ち寄ったら、とても参考になるかもしれませんね。

コラム 5

リハビリは治療の柱

小林整形外科 院長 小林信男

●発作後なるべく早く急性期リハビリを

脳卒中（脳血管障害）の八割は脳梗塞、残りの二割は脳出血です。

脳梗塞は、脳の血管が詰まって血液が流れなくなり、脳の酸素が欠乏し、脳がダメージを受ける病気、一方、脳出血は、脳の血管が破れて出血を起こし、脳が圧迫され、脳細胞が損傷して、さまざまな症状が起こっている状態です。発作が起こった時点では、血管が詰まったのか、血液が流出したのか分かりません。いずれにしろ、どちらも、発作が起きたらすぐ救急車を呼び、治療を開始することが何より大切です。

発症直後から三時間以内を超急性期、二週間を急性期といいます。全身の管理と薬物治療による救急治療と並行して、急性期リハビリが始められます。

発作後の超急性期から手足を動かすリハビリは、今までの医療の常識をくつがえすものとして、新聞やテレビで報道されて、最近は、リハビリは早ければ早いほうがいいというのが定説になってきた感があります。リハビリを救急治療に組み入れている病院も話題になっています。

とはいえ、発作を起こしたショックが大きいと、本人もそばにいる人も、リハビリどころではないかもしれません。発病直後は、血圧、体温、脈、呼吸など、不安定で、体を動かすことに不安がありますが、ある程度安定したら医師の許可を得て、腕や足をそっと屈伸させたり、さすったり、様子を見ながら始めます。これは関節が固まるのを防ぐためです。

ベッドの上で、体を起こすことが本格的なリハビリのスタートです。体がふらついたり、かたむいたり、体をまっすぐ起こすだけでも大変な苦労です。角度を徐々に変えられるギャッジベッドを使って、そろそろ上体を起こします。それができるようになったら、座位を保つようにします。これをゆっくり繰り返します。

この急性期リハビリは、筋力の低下と肺炎などの合併症を防ぐのがおもな目的です。安静にしていると、ただでさえ筋力がおとろえ、いわゆる「固まった」状態になりますので、ゆっくりあせらずにやると、気持ちを整えることにもつながります。

●回復期リハビリは集中的に

症状が安定すると回復期リハビリを本格的に行います。人それぞれ、回復具合も症状も異なりますが、集中的なリハビリに関しては、専門家に相談して始めます。

リハビリの内容で分けると、座る、立つ、歩くなどの大きな動作を行う理学療法、茶わんや箸を持つ日常動作を練習する作業療法、話す、聞きとる、飲み込むなどの練習を行う言語療法があり、それぞれの専門家が進めていきます。

急性期リハビリの開始が、早ければ早いほど回復の可能性があることは知られていますが、回復期リハビリで難しいのは、集中的なリハビリをいつ終えるか、です。医療保険の制度上の制約から、必要なリハビリを打ち切られ、せっかくある程度回復したのに元に戻ってしまった、というケースもたくさん出てきました。

現在、脳卒中の回復期リハビリの必要な人は全国で二〇〇万人ともいわれます。それぞれ適切なリハビリを受けられるかどうか、制度の制約や施設の人手不足でなかなか難しい問題です。が、漫然としたリハビリで長期入院するより、医師、理学療法士などと連絡を取り合って、でき得るリハビリを続けていく、というのがよい方法です。

三ヶ月を目安に、集中してリハビリに取り組み、日常生活に支障をきたさないところまで訓練、機能の回復を獲得したら、退院です。今度は、その機能を維持し、向上させる目的で維持期リハビリへと、さらに続けていきます。

●クリニカルパスにそって途切れなく

リハビリは脳卒中の治療の柱です。リハビリ治療は、発症直後の病院や、リハビリの病院、そして自宅の生活に至るまで、切れ目なく行われる必要があります。リハビリを行う医療機関や、介護施設などで連携をとっていかなければなりません。治療手順を決めた「クリニカルパス」という一貫した方針に従うと、適切な治療が進められます。クリニカルパスを決めておくと、どこの施設に行っても家庭でも、同じことを続けていけるので、さらに治療効果が期待できます。

脳卒中治療の目的は、後遺症を少しでも軽くして、寝たきりになるのを防ぐことです。維持期リハビリは、機能が回復してきても、ときに「もうこれ以上は無理」と思えたり、できていたことができなくなって落胆したり、訓練そのものがマンネリになる難しさがあります。めざましい回復ぶりを示す人もいれば、周囲の人の励ましが逆効果になって落胆する人もいて、さまざまです。各々がゴールを決めて回復に努め、または維持することが大切です。

介護する人とされる人の関係と同様、リハビリをする人支える人、双方に無理があると辛いリハビリになります。支援のネットワークをつくって、息抜きや楽しみをつくりながら、気長に続けていくことが大切です。万全の環境で最高の力を発揮する人もいるでしょうが、むしろ、いろいろなほころびがあっても、それを受け入れつつ楽しく生活していくところにこそ、その人の底力や魅力があらわれるような気がします。

◉ユーモアの効用

小山　倒れた年の九月には大島がテレビのレギュラー番組に無事に復帰して、これはもう彼の努力のたまもののような結果だったんですが、順調に回復していたのに、それと反比例するみたいに私の気持ちがまた落ち込んでいったのね。

野坂　何か原因があったんですか。

小山　食事づくりなんです。血糖値が二〇〇以上になると糖尿病と診断されるんですが、大島は倒れたときには血糖値が二五〇もあって、立派な糖尿病だったんですね。病院でも糖尿病食が出ていました。

私は長いこと家事をお手伝いさんに任せっきりにしていましたから、ご飯の支度はほんとにたまにしかしなかったの。そんな人が、さあカロリーを計りなさい、一二〇〇キロカロリーで糖尿病食をつくりなさいと言われても、手も足も出ないわけですよ。でもやらないとしょうがないと思って、本をいっぱい買って、書き写して、材料をはかりで計って……。少しでも大島に喜んで食べてもらえるメニューを考えなきゃと思ったの。

野坂　食べることは生きる意欲にも通じますものね。私も最初の頃、野坂にまず栄養をつけさせようと必死でしたから、料理はいろいろ工夫しました。でも、病人食は確かに大変だと思います。

小山　ものすごいプレッシャーだったんですよ。どんなに気を配っていても献立表を病院の栄養士さんに見せると、あれが足りない、これが多いと注意されちゃうし。思うように血糖値が下がらなくて、うまくコントロールできていないのも分かってましたしね。

大島が欲しがるので、たまにはと思って小さなケーキを出したら、主人の妹に「それは毒を食べさせてるのと同じだ」って言われてしまうし。

野坂　まあ……。

小山　心配してつい口をついて出た言葉なんでしょうけれど、ショックでしたね。私だって一生懸命やってるのに、ってがっくりきちゃって。闘いですよ。食べることがね。

野坂　つらかったでしょうね。

小山　起きている間じゅう、献立のことが頭から離れないし、夢の中でもメニューを考えてるような状態で、がりがりに痩せてしまって。そんな状態なのに、処方されていたうつの薬は飲まないで捨てていたんです。自分は病気じゃないと思いたかったのね。

野坂　周りはよくそんなときに「頑張れ」って言いたくなるんですけれど、その励ましの言葉がかえって本人を追い詰めるといいますね。頑張ってるのにうまくいかない、私はだめな人間だと、そういう方向に考えがいってしまうんだと聞きました。

小山　その通りなの。自己嫌悪でがんじがらめになってしまうのね。

そのうち何をするのもだるくて億劫になって、日常のことすらできなくなっていったんです。一日中椅子に座ったきりで、お風呂にも入らず、カロリー計算や、塩分計算をうわごとみたいにぶつぶつつぶやいている。そんな様子に息子たちがびっくりして、これはいけないと、高崎にある兄の病院に私を連れて行って入院させたんです。

自殺願望を伴う小山さんのうつ病は、前にも増して深刻になっていった。

社会復帰がかなって大事な時期を迎えている大島さんを支えられない「罪悪感」が、小山さんを執拗に苛む。「早く家に帰らなければ」という思いから治療を受け入れることもなく、九六年の年末は二度目、三度目の入退院を繰り返した。

そして翌九七年の秋に四度目の入院。このとき、ようやく心から信頼できる医師との出会いで、小山さんは初めて自らのうつ病と向き合った。

小山さんは著書の中で、次のように語る。


「私がここにこうしているのは、主婦としての務めができないから。できないのは、私がダメな人間だからなんです。私には生きている資格がありません」

「家に帰りたいけど、家では居ても立ってもいられない。何もかもが気になるのに、何もできないんです」

そんなことを訴えては、相も変わらぬ取り越し苦労とマイナス思考の堂々巡りに苦しむ私を、花岡先生はまず丸ごと受け止めてくれた。同じ年代の女医さんということもあって、私も心を開きやすかったのだろう。先生のカウンセリングを通して、そういった考えがいかにバカバカしいものであったかに気づいていけた。自分をここまで追いつめてしまった考え方の癖や思考パターンを、あらためて見つめ直すこともできた。
作業療法の時間に料理をすることを許してくれたのも、花岡先生だった。
「何かしたいことはありますか?」と問われて、迷わず「料理」と答えたものの、内心、絶対に無理だと思っていた。私がうつ病になった最大の原因は、夫の献立作り。それに、自殺の恐れがあるからと入院させた患者に、よくなってきたとはいえ、包丁を使わせてくれるはずがない。ところが先生は笑顔でうなずき、早速、お鍋や調理器具を用意してくれたのである。(中略)
野菜を洗って刻み、肉を炒め、卵を割って溶きほぐし……もちろん、スタッフがそばで見守っているのだけれど、無心に手を動かしていると、死んでいた心に少しずつ生気が蘇ってくるような気がした。出来上がったオムライスや餃子を周囲の人たちにごちそうすれば、「おいしい」と笑顔が返ってくる。
そんなことを続けるうち、主婦に戻れる感触をつかめたのだろうか、気持ちがグンと軽くなった。糖尿病食ではない普通のメニューを作ることで、ずっと忘れていた料理をする喜びや食べる楽しみも取り戻せた。(中略)
暗く果てしなく思えた、うつ病のトンネル。そこから完全に抜け出せたのは、さらに先のことになる。しかし、花岡先生の説明できちんと薬を飲むことの大切さを認識していたため、前のように自己判断で服薬を中止することもなく、その後は順調に回復していった。自分の力ではどうしようもない現実を受け入れ、長い間、自分にかけていた「もっと頑張らなきゃ」という呪文から、自分自身を解放していった。

——小山明子著『パパはマイナス50点』より

コラム 6

注意すべき生活習慣病――糖尿病と脳卒中

しおのいり内科／生活習慣病改善センター 院長 塩之入 洋

●糖尿病とはどんな病気か

生活習慣病とは、毎日を過ごすなかで好ましくない生活習慣を積み重ねることにより、ひき起こされる病気をいいます。おもなものに、糖尿病、肥満、高血圧、高コレステロール血症などが挙げられます。なかでも、糖尿病は脳卒中とも深い関わりがあります。

糖尿病の原因は、膵臓から分泌されるインスリン不足です。糖の代謝異常ともいえます。インスリンが足りないと、血液中に糖質がたまって「高血糖」になります。高血糖の状態がそのまま何か生活に支障をきたすわけではありませんが、血糖値が高いまま放置しておくと、そのほかの合併症を起こす危険因子になるので、早い段階で見つけて適切な治療を受け、管理していくことが大切です。きちんとコントロールすれば、ふつうの人と変わらない健康的な生活を送ることができます。

糖尿病の治療は、基本的に食事療法です。このことに関しては、栄養学の観点からも、また料理研究家などの間でも、ずいぶん研究が進んでいます。一般的にも、健康診断で糖尿病の兆候が見つかると、食事制限の食品の成分表などを渡されて、注意事項の申し渡しが行われます。現代は「糖尿病の食事療法」について書籍も多く出版されるなど情報があるうえ、若い人はダイエットに関心が高いので、「バランスよくカロリー低め」の食生活をめざす人が大勢いるからでしょうか、献立づくりの負担は以前より減っているように思われます。

ひとことでいうと糖尿病は、血糖値との終わりなき戦いです。ただ、血糖値のみにとらわれず、体重、血圧、コレステロールすべてをコントロールして動脈硬化を防ぐことが重要です。なぜならば、それこそが脳卒中の予防方法だからです。

糖尿病は男性の生活習慣病という印象が強いかもしれませんが、糖尿病になると脳卒中になる危険性が男性で三倍、女性で二倍というデータがあります。合併症が心配ですが、過度におそれることはありません。糖尿病だからすぐ重篤な症状に苦しむということはなく、むしろ一病息災という言葉がありますが、糖尿病にかかって、食事制限などをしてコレステロールを管理するようになったおかげで、脳卒中にならずに済んだ、あるいは未然に予防できる、というふうにも考えられます。

つまり、糖尿病になったおかげで、健康生活を維持する努力をするようになった、健康を気にするようになったと考えて食事療法に取り組み、生活を一新する生き方もあります。

家族に糖尿病になった人がいて、その人の食事バランスや栄養価を考慮して献立を立てていたら、家族全員が健康になった、という話もあります。脳卒中の危険因子を減らす努力、また脳卒中になっても糖尿病を悪化させない努力を続けていくことが大切です。

●糖尿病は脳卒中の危険因子

糖尿病があると、なぜ脳卒中が起こりやすいのかといいますと、次のようになります。
糖尿病になると、高い血糖値が続き、動脈硬化が進んで、血液の循環が悪くなります。そうなると脳の血管部分が詰まって脳梗塞が起こります。糖尿病が原因で起こる脳卒中の特徴は、脳出血が少なく、小さな血管が詰まる脳梗塞が多いのです。

脳卒中予防を呼びかける「脳卒中予防10か条」(日本脳卒中協会)を左に掲げます。これはこのまま糖尿病対策でもあります。

「脳卒中予防10か条」

1　手始めに 高血圧から 治しましょう
2　糖尿病 放っておいたら 悔い残る
3　不整脈 見つかり次第 すぐ受診

4　予防には タバコを止める 意志を持て

5　アルコール 控えめは薬 過ぎれば毒

6　高すぎる コレステロールも 見逃すな

7　お食事の 塩分・脂肪 控えめに

8　体力に 合った運動 続けよう

9　万病の 引き金になる 太りすぎ

10　脳卒中 起きたらすぐに 病院へ

●糖尿病の人の食事

糖尿病は食生活と密接な関係があります。また、肥満も食生活から来るものです。最近では長期間、肥満でいると内臓脂肪から血を固まらせる物質がつくられていることが分かってきました。肥満と糖尿病の関係は、悪循環を形成しているといわれています。

したがって、まず、生活習慣と食事内容をがらりと変えて、肥満と糖尿病を同時に予防、治療していくのが賢明です。

残念ながら現代の医療では根本的に糖尿病の特効薬はありませんが、きちんとしたバランスの良いカロリーを抑えた食生活をして、可能な限り十分な運動を行い、薬、インスリンの補給などによって、血糖値を良好に管理、維持していくことができれば、おそれる病気ではありません。

こんなふうに食事制限が話題になると、まじめな方ほど気が重くなるかもしれません。禁欲的な食生活に耐えられるか心配になることでしょう。カロリーを抑えることは基本ですが、禁止メニューはありません。

何とか治したくて、つい気合いが入りすぎると、ストレスになります。介護する側の人は、自分のせいで食事制限ができなくて高血糖になるかもしれない、と重大な責任を感じるかもしれません。あまり難しく考えないで野菜を多くして、薄味でいろいろな食品を召し上がることです。基本的には過食しない、脂肪や油分の過剰摂取をしない、ということです。

毎日のコントロールが大変な人のために、最近は、宅配便で糖尿病の献立を届けてくれる業者もいますし、料理の食材を届ける業者にもちゃんと「糖尿病コース」があります。外食するときにも、前もって調べておけば、糖尿病向きのメニューをそろえているレストランも出てきました。たまには、お出かけして外でお食事というのも、よい気晴らしになるのではないでしょうか。

着実にリハビリに励んできた大島監督は、九九年にはついにメガホンを握り、念願の「御法度」を撮影。作品は高い評価を得、カンヌ国際映画祭コンペティション部門の出品作に選ばれた。二〇〇〇年五月、大島夫妻は共にカンヌの地を踏んだ。

野坂　カンヌに行かれた頃は、小山さんも回復されていたんですか?

小山　ええ、かなりよくなっていて抗うつ剤はほとんど飲んでいませんでした。それでカンヌ行きを機会に、抗うつ剤から卒業しようと決心して、抗うつ剤も、睡眠導入剤も持っていかなかったの。必要もなく済んで、ああこれでやっと乗り越えられそうだと思ったんですけれど、本当にうつを卒業できたのは、その後ですね。カンヌに行った翌年の秋に大島が十二指腸潰瘍穿《せん》孔《こう》を起こして倒れたときかもしれません。正直言って、お葬式を考えたほどの瀬戸際までいきました。

野坂　重症だったんですね。

小山　そう。でも、奇跡的に助かった。このときを境に私の生き方が変わったの。
その頃に読んだ、アルフォンス・デーケン神父が書かれた『よく生き よく笑い よき死と出会

映画「御法度」撮影に臨む大島監督（1999年5月）

う』（新潮社）という本との出会いも大きかったんです。その中に「豊かな老いを生きるために手放す心を持つ」「過去の業績や肩書きに対する執着を手放して、前向きに生きていこう」という一節があって、はっとしたの。考えてみれば最初に大島が脳出血で倒れたときは、映画監督大島渚を夫に持つ女優「小山明子」が、まだしっかりとどこかにいて、それをずっと手放せないでいたんですね。心の中に「こんなはずじゃない」って今を否定している自分がいたんだと、そのことに気づかされました。

そして、今を受け入れよう、大島のそばにいられる今、この幸せを大事にしよう、と。その覚悟ができたら、縛られていた過去の鎖から、すっと解放されたように感じたの。よし、やってやろうじゃないっていうふうに開き直れたんです。

野坂 介護はどうしたって楽しいものではないですもの。毎日少しでもいい方向に気持ちを持って行くのが大事ですよね。あせらない、あきらめないことが大切ですね。

小山 とにかく、本当に生きるべき今日を生きよう、今日を楽しもうと思うようになれたのは大きな収穫でした。

野坂 さっきの兵隊ごっこもそうなんですけれど、暮らしの中に遊びというか笑いを取り入れると、つらいときも心がちょっと明るくなりますよね。野坂も普段むっつりしてますけど、お

「御法度」が出品作に選ばれ、カンヌ国際映画祭に夫婦そろって出席(2000年5月)

もしろいことは大好きですから。

たまに、リハビリをさぼろうとして、彼が寝たふりをするんですよ。それで「あっ死んじゃった」ってのぞきこむと、ぱっと目を開けて「死んでない」ってアピールして。思わず吹き出しちゃうんです。そういうやりとりを楽しめるのも夫婦ならではですね。そばで聞いてるヘルパーさんは「この奥さんたら縁起でもないこと言って」って、びっくりしてますけど（笑）。これは私の性格で、くすっと笑える何かを見つけて遊んじゃう。まあ、ある意味大切な「武器」かなと思っているんです。

小山　本当にそうね。さきほど話したデーケン神父の本に「ユーモアとは『にもかかわらず』笑うことである」っていうことも書いてあってね、それを読んでから私は呪文のように「にもかかわらず」って唱えるんですよ。

十二指腸潰瘍から回復して、その後遺症というか一時大島が荒れた時期があったんです。何をしても怒ったり怒鳴ったりして仕方なくて、こちらも我慢の限界まできたときに、「ああ、そうだ〝にもかかわらず〟だった」と思って、私のユーモアセンスを総動員して「昨日のパパは一〇〇点だったけど、今日はマイナス五〇点ね！」と言ったの。そうしたら大島も一瞬ぽかんとして、その後ふふふって笑って、本を投げかけていた手も下ろして。

「死にたい」って自暴自棄なことを言うようなときがあると、「あら、パパ、死んじゃったら大好きなビールも飲めなくなるし、おいしい御飯も食べられなくなっちゃうのよ」ってさらりとかわす。ユーモアで受け流すという方法を身につけたら、お互いのイライラがずいぶん収まるようになりました。

野坂　一緒になって笑うのがいいですね。

小山　ユーモアのおかげで、精神的にものすごく強くなりました。

野坂　もう一つは、自分の時間を持って、うまく息抜きする方法も見つけたほうがいいですね。支える側がハッピーじゃないと、いい介護はできないというのが私の持論なんです。

画廊の仕事を続けているのも、シャンソンを歌うのも、自分のためであり、彼のためでもある。気分転換することで、失敗したかなと思うことも「ま、いいか」って頭から追い出して、いつまでもうじうじ悩まないで済みます。外の空気を持って帰れば、彼への刺激にもなるでしょうし、家の中の風通しがよくなるような気がするんです。

小山　同感ですね。私も水泳を習ったり、一筆画《いっぴつが》のお稽古に東京まで通って、ときにはお友達と映画やお芝居を観ることもあるんですよ。水泳は六四歳から始めて、七〇〇メートル泳げるようになりました。それにエステやリンパマッサージで体のケアもしています。朗読の仕事をするようになってからは、ボイストレーニングにも通ってます。暘子さんは、ステージでも歌われるんでしょう？

野坂 ええ。画廊が赤坂にあるんですが、そこで月に二、三度、コンサートを開くんです。ほどよい緊張感があって、このときはいろんなことを忘れて没頭できます。

小山 無理してでも自分のための時間をつくるように心がけるべきですね。疲れやストレスをためすぎないようにしないと、私みたいにうつになってしまうから。

うつがひどかった頃、病院で大島のリハビリを少し離れた場所で見ていたら、隣に座っていた人に「奥さん、あそこにいるのが大島渚よ」って声をかけられてね。その人は私の顔を見ているのに、「小山明子」だって気づかないの。すごくショックでしたよ。家に帰って鏡を見ると、顔はしわしわ、髪も白くてぼさぼさで、これじゃあねえ。もし小山明子を知ってる人だったとしても、当人だとは気づかないわけだなと思って。今は美容院へ、まめに行くようにしています。

野坂 ああ、私も言われました。いっとき、鏡を見るのもいやだった時期があったんです。だって顔に「つらい」って書いてあるみたいなんですもの。口紅ひとつ塗らずに買い物に出かけたら、近所のお店のおじさんに「かわいそうに、やつれちゃって」「昔はかわいかったのに」って言われました。「かわいそうに」には、参っちゃいましたね。それから反省して、できるだけ身支度には気をつけよう、と肝に銘じました。

小山　自分の時間をつくるためには、介護を一人で抱え込もうとしないことね。私も大島の世話を人に任せることに罪悪感を感じるタイプだったから、せっかくヘルパーさんが手伝いにきてくれても、最初の頃は任せて休むってことができませんでした。人に任せて自分の心や体をリフレッシュするのは決して悪いことじゃない。

　暢子さんがさっきおっしゃったように、支える側が余裕を持ってハッピーじゃないと、いい介護ができませんもの。

野坂　実際に体験している私たちが言うのですから、間違いありませんよね（笑）。

コラム 7

「笑い」の効用

せんぽ東京高輪病院 院長 与芝真彰

●自然治癒力

笑顔はいいものです。泣いている人のそばに寄って「どうしたんですか?」と聞くのは勇気のいることで、そっとしておいてあげようと消極的になりますが、大爆笑している人達には「何がおかしいの?」と聞いてみたくなりませんか? 笑い声は好奇心を刺激します。笑顔は相手を和ませ、ほっとさせます。もちろん自分も落ち着いた気持ちになれます。

アメリカ人はジョークが大好きで、日常会話や演説に上手にジョークを取り入れています。故レーガン元大統領は、それに長けていたので国民の人気を得ていたともいわれます。

医療においては、よく医師と患者さんが信頼関係で結ばれていたら良い治療ができるといいますが、その信頼関係は、まず診察室で、笑顔で出会うことから始まります。とはいえ検査や治療のために病院に来ている患者さんにとって、笑顔で診察室に入っていくのは難しいことです。それだけに少なくとも医師は、笑顔で患者さんと接する心のゆとりを持つべきだと思います。ですから、私は初診で患者さんと向き合うときは、笑顔で会話しようと心がけています。不思議なことに、笑顔で挨拶すると、どんな深刻な悩みの中にいる人も、ほっと一瞬笑顔になれるものです。それが診察の第一歩だと思います。

笑いは人間関係を円滑にするだけではなく、自然治癒力を引き出すといいます。対談の中で小山明子さんも挙げておられますが、死生学のデーケン神父の有名な言葉に「ユーモアとは、にもかかわらず笑うこと」というのがあります。にもかかわらず笑うと、プラス思考で病気を受け入れていくことができます。仏教でいう「和顔愛語」も同じ意味だと思います。患者さんは、注射や薬がなくても治る場合もあります。どんな人にもセルフケアの力、自然に治る力があります。患者さんの笑顔を引き出して自然治癒力を高めることができる医者が、良い医者であるといえるのではないでしょうか。

●科学的な証明

アメリカの有名なジャーナリストで、ノーマン・カズンズという人は四〇年も前に、自分の病気を笑いで治した闘病記『笑いと治癒力』（岩波文庫）を書きました。

かれは、アメリカの有数の書評誌の編集長という激務の真っただ中の一九六四年に、難病の膠原病を発症しました。気を紛らわそうと、面白い映画を一〇分間見て大笑いしたら、その後、痛みもなく二時間ぐっすり眠ることができたため、これを一週間続けたそうです。

その結果、血沈も改善し、治る見込みは五〇〇分の一という針の穴をくぐりぬけて、半年で社会復帰を果たしました。

アメリカではこうした影響もあって一九八二年に、「笑い療法学会」が発足、医療における「笑い」の効用が本格的に研究されるようになりました。学会発足に際して開かれたシンポジウムでは、次のことが確認されました。

(1)大笑いによってリラックスすると、自律神経の働きが安定する。

(2)強力な鎮痛作用をもつエンドルフィン（モルヒネの六倍以上の鎮痛作用をもつ）という神経伝達物質が増加し、痛みを忘れてしまう。

(3)情動をつかさどる右脳が活性化され、ストレスで左脳を使う人にとって、リラックス効果があると考えられる。

遅れて日本でも「日本笑い学会」が発足しましたので、わが国でも研究が進むでしょう。

●脳の活性化

日本でも医療や福祉の現場で「笑い」を取り入れるようになっています。高齢者施設で、漫才や落語を聞いた後と前とで検査をしてみると、よく笑った人ほど、検査結果が良いという報告が相次いでいます。病院も、これからは明るい笑いにみちた施設になっていかなくてはならないと思います。ガン細胞を抑えるＮＫ細胞（ナチュラルキラー）が、笑うことによって活性化するということはよく知られています。また、脳内ホルモン「ペチプド」が分泌され、脳が活性化するともいいます。が、そんな難しい仕組みを引き合いにださなくても、笑うことが健康維持に役立つのは間違いないようです。

「腹を抱えて笑う」といい、笑い過ぎると、おなかが痛くなります。「笑う」ことで自然に腹式呼吸ができます。腹式呼吸をすると、酸素が脳に行き渡り、大きな声で笑うと、それが「脳の活性化」につながるのです。

「笑い」には心のみならず、「脳の活性化」「免疫力の強化」「運動能力の向上」、さらには「病気の予防」という効用もあるようです。毎日の生活に、テレビでも映画でもビデオでもなんでも結構、笑えるものを取り入れて、笑う力を鍛えるのはどうでしょう。

最後にお伝えしたいことは、「笑い」の健康効果は「作り笑い」でもあるということです。心からの笑いでなくても、大爆笑でなくても、「笑う」という行為自体が身体に良いのでしょう。作り笑いでもかまいません。まずは笑顔を作ることが大切です。

「にもかかわらず」「とりあえず」笑ってみませんか？　意図的に笑うと、むしろ免疫力が上がるというデータもあるそうです。

あなたの笑顔があなた自身の何よりの薬です。

◉怖い誤嚥

小山　暘子さんは結婚したときから野坂さんの薫陶を受けて、料理もお得意なんでしょう?

野坂　まるで姑の嫁いびりみたいにしごかれましたからね。いつのまにか嫁のほうが強くなりましたけど(笑)。

食事は今、三食とも私がつくって食べさせています。留守をするときには、左手だけでも食べやすいもの、小さなおにぎりとかサンドイッチとかにして。すべて残さず食べます。栄養バランスのいい食事を三度食べて、睡眠をとって、そのうえ適度にリハビリをしてますでしょ。

小山　いい体型を保ってらっしゃるのね。

野坂　一番いいと思いますね。倒れる前はゲッソリしてましたから。私から見ても、今の彼はなかなかの男前です(笑)。ただ、怖いのは誤嚥なんです。

「今の野坂は、顔の色つやもよく、肌もすべすべ」と暘子さん

小山　誤嚥性肺炎をなさったんでしたよね。

野坂　倒れてから二年目の春にやりました。

小山　うちもそれが怖いんですよ。

野坂　食べ物の切り方から食感から、食べるときの姿勢とか、ものすごく注意してきたつもりだったのに、それでもなっちゃうんですね。それこそ生死の境をさまよいました。

小山　食べた物とか唾液とか、口の中のものを飲み込む機能が下がっているから、気道に入っちゃうんですよね。

野坂　それで食べ物とかについていた細菌が肺に入って炎症を起こしてしまって。手術をしないと命の保証ができない、って言われたんですが、七四歳という年齢を考えるとあまりにもリスクが大きすぎると思ったんです。たとえ治ったとしても、寝たきりになってしまう可能性が高いわけです。迷いに迷って、いろいろな先生にも相談して意見をうかがって、最終的には薬での治療をお願いしました。

幸い薬が効いて、本当に助かりましたけど、私も生きた心地がしませんでした。

小山　よかったですねえ。うちは最近、食べたものを口の中にためちゃうんですよ。本人のペースで口に入れて、飲み込んでもらうほうがいいと思って、左手でも食べやすいようにセッティングまではしてあげるんですが。そうすると、食事に時間がすごくかかるので、こっちはちょっといらいらするんですけどね。

野坂　分かります。

小山　ところがね、自分で食べているのに、飲み込まないで口の中にいっぱいためちゃうの。わあ、危ないと思って、口開けてって言っても、開かないんですよ、なかなか。それでも無理に開けさせて、指を突っ込んで全部出すんです。それが気道に入っちゃったら誤嚥になるから。

野坂　頬にためてるんですか。

小山　そう。頬がふくらんでくるから分かるんだけど、それがしょっちゅうなの。ごくんとしてっていうんだけど、そのごくんができない。なんででしょうね。で、そういうときに水を飲ませてはいけないんですってね。

野坂　そうですか。

小山　誤嚥につながりやすいんだそうです。だから一回全部出させる。うちは「仕切り直し」って呼んでるんですけれど。

野坂　飲むヨーグルトってありますでしょ。ちょっととろみのあるもの。うちではあれを、なかなか飲み込めないときに飲ませることもあります。するとからんで、ごくっといける。

小山　それもいいかもしれない。うちは仕切り直しをして、新しく食べ直します。そういうときは果物がいいんです。果物だとつるっと入る。それからまた気を取り直して、ご飯に戻る。

とっても食事が大変なんです。

野坂　果物も水分の多いのは気をつけないと。ぎゅっと噛んだときに水分がぴゅっと出てしまうのはだめなの。トマトとかね、スイカとか。一番いいのはアボガド、バナナも。

小山　りんごがいいですね。私、果物は毎日食べさせています。カットしてあるメロンとか、パイナップルも出してますけど、水分が多いから気をつけないとね。

野坂　そうなんです。でもミートソースをつくるときに、トマトを一緒に軽く煮たりして、そうするとうまく食べられるんですよ。誤嚥を防ぐために、何にでも「とろみ」をつけるといいますけど、あまりのど越しがいいものばかりだと、噛む機能が衰えてしまうでしょう。

小山　意外にラスクとかおせんべいとか、ぱりぱりしたものが食べやすいのよね。どろどろしたもののほうがいいのかと思ったらだめだったり。

野坂　サンドイッチのパンも柔らかいままなら、間にしゃきしゃきのレタスをはさんだほうが食べやすい。ちょっとトーストするといいですね。

小山　うちもそれにやっと気がつきました。いろいろやらないと気がつかないのよね（笑）。

野坂　ほんとうに。最初は全部手探りですからね。食べてくれると「やったね」と思うんです。いつも「やったね」とはならないから大変なんですけれども……。

コラム 8

老化と嚥下障害

横浜栄共済病院 脳神経外科部長 北村佳久

●代表的な原因は脳卒中

嚥下というのは、食べ物や飲み物を飲み込むことです。私たちは、食事の際には、特に何事もなく噛んで飲む、ということを繰り返していますが、老化や病気の後遺症などで、なかなか飲み込めなくなる場合があります。これを「嚥下障害」といいます。加齢による嚥下障害は、七五歳以上の方ならそうした可能性があると思っていいほど、誰にでも起こり得るものです。水や食べ物を飲み込むのが困難なことを「嚥下困難」といい、水や食べ物が本来の道を通らないで肺へ行ってしまうことを「誤嚥」といいます。

誤嚥は、嚥下障害の怖い症状です。誤嚥が原因で「誤嚥性肺炎」という、重篤な病気にかかってしまうこともあります。

嚥下障害はその原因によって、次の三つに大きく分けられます。

(1)器質的原因

腫瘍やその手術後の炎症などにより、飲み込むときに使う舌やのどの構造が損傷されている場合。食道がんや胃がんがあると、流動食は通るのに固形物は飲み込みにくくなることがあります。

(2)機能的原因

構造には問題がなくても、それを動かす神経・筋肉などに原因がある場合。脳卒中や神経筋疾患、老化による機能低下、薬の副作用など。

(3)心理的原因

心理的な原因が関与している場合。うつ病や睡眠不足などによる食欲不振など。

この中で最も多いのが、(2)の脳卒中が原因による嚥下障害です。のどの神経をつかさどる脳幹部の脳卒中や、再発脳卒中では重篤な嚥下障害を生じます。また高齢者は、老化により嚥下機能が低下しているため、脳卒中になると、誤嚥が重症な肺炎や呼吸器の病気を併発させることになります。介護する人にとっては、食事中の誤嚥が一番気を使うことなのではないでしょうか。

●介護の際の七つのポイント

嚥下障害と診断された場合、誤嚥のリスクもあるため、食事方法には十分注意する必要があります。家族や介護者のきめ細かい配慮が大切です。嚥下障害がご専門の浜松市リハビリテーション病院長の藤島一郎先生によると、食事法のポイントは七つです。

七つのポイント

(1)食事を始める前に、手・口・のどがきれいであるかを確かめてください。口腔内をきれいにすると誤嚥性肺炎が減る、という研究もあります。
(2)食事に集中できるよう、テレビを消すなどして、環境を整えます。
(3)食べる前に準備体操(深呼吸、お口の体操、首と肩を回す体操など)をします。
(4)いつもの食べ慣れた姿勢が一番ですが、むせが強いときなどはリクライニング椅子などを利用して、三〇～六〇度など、仰臥位で食べるとよいでしょう。ただしこのとき、必ず頸部を前屈しておくことが大切です。
(5)よく噛んで味わいながらゆっくり食べるように指導してください。
(6)食事の時間を決めて一日のリズムをつくります。
(7)食事の後も必ず歯を磨いて、口をゆすいで、うがいをし、口とのどの清潔を保ちましょう(口腔ケア)。また、食後にお茶を飲む習慣は、口とのどの衛生に効果的です。

嚥下障害のある方の食事は、基本的には三度の食事で栄養を補給するのがベストです。ただし、一度にたくさん食べられない方は、午前一〇時と午後三時におやつの時間を設けて、水分と栄養の補給をしましょう。こうすることで脱水や栄養不足を防いで、嚥下障害を予防します。

高齢者の場合は、栄養的にあまり神経質にならず、好きなものを食べてもらうことが良いこともあります。栄養を気にし過ぎてあれもこれもと食べ物を制限すると、食欲がなくなるおそれがあります。楽しんで食事ができるよう工夫をして、本人が積極的に、噛んで飲み込もうとする力を引き出しましょう。

●誤嚥性肺炎を防ぐ

嚥下障害が原因で起こる誤嚥性肺炎は、水や食べ物が誤嚥によって肺に入ってしまい、細菌が繁殖して炎症を引き起こすのです。誤嚥性肺炎の原因には、飲食物の誤嚥以外に次の二つの誤嚥が考えられています。一つは口の中の粘膜に細菌が入り込み、細菌を含んだ唾液などの分泌物を誤嚥した場合、もう一つは胃から逆流してきた消化液を含んだ食べ物を誤嚥した場合です。これは夜寝ている間に起きることがあるので、食べた物が戻らないように上体を起こし、胃の内容物の逆流を防ぐことが必要です。

高齢者の場合は、見たところ、それほど苦しそうではないのに、肺炎が進行している可能性もあります。

風邪のような症状のほかに、元気がない、食事時間が長い、食後に疲れてぐったりする、ぼーっとしている、失禁するようになった、口の中に食べ物をためこんで飲み込まない、など、一見 肺炎と無関係と思えるような症状にも気をつけてください。

一度誤嚥性肺炎を起こすと、傷ついた気道粘膜は完全には回復しません。そして粘膜の感覚が鈍くなり、誤嚥しても咳が起こりにくくなり、「咳払い」をして食物を排出することができなくなります。そうすると、ますます肺炎を繰り返す危険性が増大します。見たところそれほど苦しそうではなく、また、自分で苦しさを訴えない場合でも、調べると肺炎であったということもあるので、よく観察することが大切です。

コラム 9

口腔ケアの大切さ

国際医療福祉大学三田病院教授　歯科口腔外科部長　朝波惣一郎

●口は何のためにある？

口の機能を一口でいってもいろいろあります。まず、口は何のためにあるかと考えたほうが分かりやすいかもしれません。咀嚼《そしゃく》、嚥下、構音、呼吸、味覚、その他愛情の表現など、非常に多面的です。このなかでも、食べ物を咀嚼して嚥下するという一連の動作は、大脳皮質など高次の神経が制御しているため、脳血管障害などがある場合、その機能が損なわれてしまいます。つまり生涯を通じて自分の歯で、よく噛んで食べるという楽しみを味わうことが困難になってしまいます。

片麻痺がある場合、口腔内にも感覚や運動の麻痺があり、舌や頬粘膜、口唇などに機能障害があるため、口中に食物残渣があっても自覚できなかったり、食べこぼしがみられることがあります。食物残渣は誤嚥の原因となり、肺炎などの感染症を引き起こすリスクを高めますので、口腔のケアは極めて重要です。特に在宅で口腔ケアを行う場合、専門家のサポートによるネットワークづくりとともに、家族や在宅介護者の役割は重要です。

日本は超高齢化社会となり、介護においても口腔ケアへの関心が高まっています。私のモットーは、あくまでも「自分の口で食べることへのこだわり」です。

噛むことによって唾液には、口腔の保湿、潤滑とともに口の中をきれいにするという浄化作用があり、むし歯や歯周病の予防にもつながります。また唾液の中の成分がデンプンを分解して胃腸の消化を助けたり、抗菌性や創傷治療の作用もあります。そのほか忘れてはならないのは、噛むことが脳内の血流を促し、老化の防止や認知症の予防にもつながるということです。

●健康は「口の健康」から

それでは最後に口腔ケアについて少し説明します。似た言葉に「口腔キュア」があり、これは口腔の病気の治療の意。「口腔ケア」は口腔の手入れをして病気を予防し、口腔の働きを健全に維持することにより、クオリティー・オブ・ライフの向上をはかることを意味します。具体的には口腔内の清掃を行います。口腔粘膜は柔らかく損傷を受けやすいため、ガーゼやスポンジ、粘膜用ブラシを用いて、ぬぐうように清掃します。さらに、うがいや、洗口剤や消毒剤を用いて口腔内を洗浄します。

義歯の場合、食後に必ずはずして付着した食べ残しをよく洗い流してから装着します。

清掃に加えて、咀嚼や摂食、嚥下の手助けや指導、歯肉や頬部のマッサージ、口腔周囲の筋肉や舌の運動も極めて重要で、失われた機能を取り戻すためのリハビリテーションを兼ねています。

　また口の中には、がんや粘膜が赤くなったり白くなる前がん病変といわれる病気を発現することもあります。長期にわたって同じ状態が続く場合は、口腔外科医のいる専門病院の受診をおすすめします。

　口の中を快適にして、自分の口でおいしいものを食べ、家族や大勢の仲間と楽しく会話し、楽しく人生をまっとうする――これを手助けするのが我々の仕事です。

　健康は、「口の健康から」です。

【第三章】

介護あれこれ

◉寝たきりにしたくない

野坂　誤嚥肺炎をやったあと、リハビリも一からやり直しになっちゃって。一ヶ月半も入院すると筋肉が衰えますすね。

小山　大島もそうですよ。十二指腸潰瘍で五ヶ月入院して、一からというよりマイナスからやり直しでしたもの。

前にお話ししましたけど、このときはお医者様に「もう歩くのは無理かもしれない」って言われてね。本人も投げだしそうになっているのを、私や息子家族が一生懸命励まして、何とか歩けるようになりましたけれど、もう入院前ほどには戻りませんでした。それまでは杖をついてですけど歩けて、昼間はトイレに自分で行けましたしね、右手でお箸も持てたのに。リハビリのやり直しというのは精神的にもきついです。

野坂　リハビリを続けないとすぐに機能が衰えてしまう。毎日続けるのがいかに大事かということを実感しました。それなのに、二〇〇六年の診療報酬改定で、病院でのリハビリが制限されるようになってしまいましたよね。

小山　まさに改悪です。あれで大島は病院でのリハビリが受けられなくなりましたもの。

野坂　野坂も週三回受けていた専門病院でのリハビリは一回に減らされてしまいました。リハビリを短縮するなんて考えられませんよ。

小山　それに、今年（二〇〇九年）の四月から、要介護度（※）の認定が厳しくなりましたよね。

野坂　厚生労働省は医療費の総費用を削減しようとしているのかもしれませんけど、リハビリを制限したら、寝たきりの老人が増えますよ。まったく逆効果だと思います。

小山　大島は今、一番重い要介護度五です。何をするにも介護が必要な状態なんですが、最近少し進んでしまってベッドに坐れなくなったんです。

野坂　先日、喜寿のお祝いパーティーをされたとうかがいましたけど、それからですか？

※介護を希望する本人が、どの程度の介護が必要かを七段階の度合いで示したもの。軽いものから要支援一、二、要介護一～五となる。市区町村に介護保険の申請をすると、判定が行われる。

小山　ええ。食事の量も極端に落ちているし、このままだと寝たきりになっちゃいそうなんですが、私はそれだけは避けたいと思っているんですね。

病院でのリハビリが受けられなくなって、訪問リハビリだけでしょう。それでは足りないから、鎌倉の聖テレジア病院で声を出すリハビリをやったり、言語や作業の療法を受けています。でも今はそこに行くのも大変になってきたんですけれども。座位が保てないのでベッドから車椅子への移動がすごく難しいの。それで、移動用リフトをレンタルすることにしたんです。何が何でも寝たきりにしたくなくて。

野坂　そのお気持ち、よく分かります。

小山　そうでしょう？　寝たきりにはさせたくないですよね。一時間でもいいから、座らせたい。食卓の前に座って食事もさせたいし。リフトは固定式なんですけれど、アームの先に落下傘みたいな吊り具が付いていて、それをお尻の下に入れて体を包み込んでからアームを動かして車椅子に乗せるんです。すごく楽ですよ。

野坂　介護保険でレンタルできるものなんですね。

小山　そうです。レンタルが適用される対象になっているから、料金は業者ごとに違いますけど、一割負担で借りられますよ。車椅子もベッドも、ベッドのマットレスもレンタルできます。

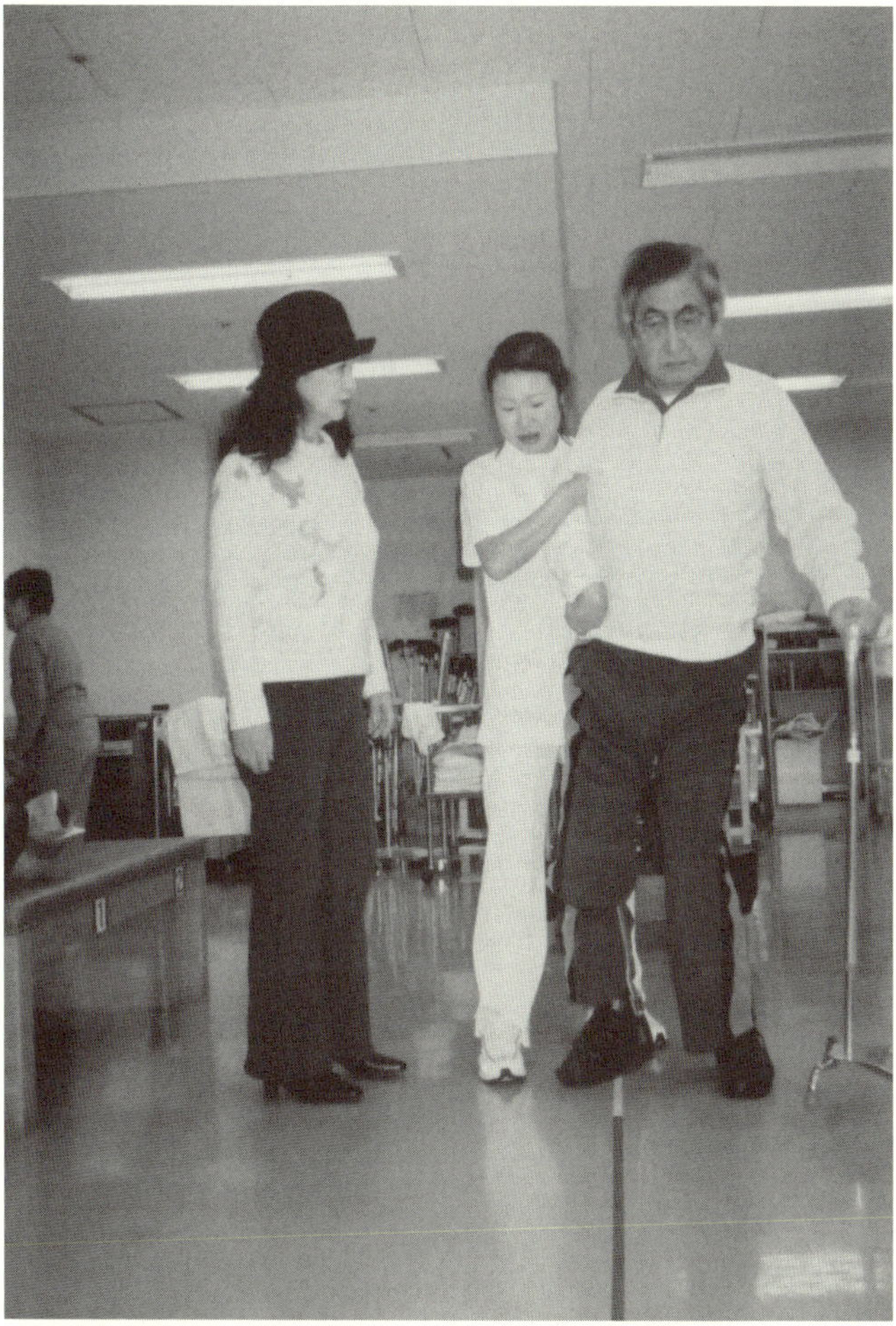

理学療法士の指導のもと、病院でリハビリに励む大島監督と見守る小山さん

ただ、要介護度によって借りられるものと借りられないものがあったり、いろいろ規則があるので、そこは注意が必要なんですけどね。

もうひとつ、用品によってはレンタルではなくて購入になるのね。その区別はきちんと決められています。例えば、リフトの吊り具とか、ポータブルトイレとか、レンタルに向かないようなものは購入ですが、年間の限度額を守れば一割の負担で済みます。うちはマットが合わなくて四回も代えたの。今ようやく落ち着きましたけど。レンタルだと、使い勝手がよくないときはケアマネージャーにお願いすれば、すぐに代えてもらえるからとても便利。

野坂　どんどん相談したほうがいいみたいね。私も前に小山さんからアドバイスをいただいてから、ケアマネには積極的に希望を言うようにしたんです。それならこれもできるはずじゃない?とか、こういうようにしたい、とか。そうしたら手応えもあって、やり取りがこれまでよりもぐんと活発化するように感じました。

小山　在宅介護の場合、ヘルパー以外にも訪問サービスがありますでしょう。訪問リハビリもあるし、訪問入浴も。うちは十二指腸の手術をしてあんまり動きませんから、どうしても摘便が必要な場合があるんです。そういうときは訪問看護で来てくれる看護師さんにお願いします。それと自前の歯が多いので、訪問歯科もとてもありがたいです。それもみな介護保険の中でできることだから、最大限、活用しています。

野坂　口の中が不潔だと、細菌が肺に入って誤嚥性肺炎の原因にもなりますから、診ていただければ助かりますね。

小山　介護保険で何ができるかできないかは、なるべく情報を仕入れるようにしておいたほうがいいですね。今は家の改修費も補助が出ますでしょう。大島が倒れた頃はまだ介護保険がなかったですから、何もかも全部自費だったんです。

野坂　それは本当に大変でしたね。

小山　門から玄関までが飛び石だったんですよ。車椅子には不便なので、見栄えは悪いけど、コンクリートの打ちっぱなしに変えて。あと、手すりを玄関やお風呂、トイレや居間にも、あらゆるところに付けないと歩けなかったから。

野坂　うちも付けました。

小山　それにつかまれば、歩けましたからね。

野坂　ところで車椅子って、選ぶのが難しいものですね。

小山　そうね。うちもいろいろ試行錯誤しました。何しろ生活必需品なので。野坂さんは車椅子で生活していらっしゃらないから、移動用でしょう?

野坂　ええ。家の中ではなるべく歩かせて、車椅子に乗らないようにしていますので、外を移動するときのためなんですけど、運ぶのに便利なように軽いものを選んでいます。でないと、車に載せたり降ろしたりが私の力ではできないんですよ。だけど軽いものはタイヤが細いし、安定が悪いんですね。一度、タイヤが何かに当たったときに野坂がぽーんて前に落っこちてしまったことがあって。

小山　危ないわね。

野坂　機能が増えると重くなるし……。そういう目で見ると、外国ではみな、すばらしい車椅子に乗ってますね。近頃ではどこへ行っても車椅子に敏感に目が行ってしまうんです。

小山　今、大島が使っているのはアメリカ製で販売元がアクセスインターナショナルの車椅子です。高かったんですけれども、車椅子がないと生活できない状態だから、これはパパの椅子だと思って奮発したの。それまではレンタルしてみたり、購入したり。購入の場合は広い範囲から自分で好きな物を選べますけど、修理が必要になったときが手間ね。それぞれにメリット、デメリットがあります。

野坂　一台しか借りられないのかしら。

小山　そういうことも、ケアマネに相談してみるといいですよ。事情を説明すれば、何かいいアイデアを出してくれるかもしれませんし。野坂さんは、ご自分でベッドから立ち上がることがおできになる？

野坂　何かにつかまらないとだめですね。バランスが悪いので気をつけて見ています。

小山　立ち上がるときにつかまるバーがあって、ベッドサイドに装着するんですけれど、それも便利よ。うちもずっと使ってます。もちろんレンタル可能です。

野坂　そういう介護用品をうまく利用して、自分でできることを一つでも増やしていきたいですね。やる気を起こさせて、いかにリハビリを長続きさせるかが大事ですから。それには、こちら側がその気でないと、引っ張っていけません。

小山　やる気も根気もいるんですよ、介護はね。

野坂　彼の分とこちらの分と両方で必要ね。

小山　うちはもう根気のみね。どうやったら、楽に座ってもらえるかとか、そればっかり考えています。でもね、いつかまた立ち上がって一歩でも歩ける日がくるといいなっていうのが、今の私の願いなの。野坂さんの場合は、まだ立ち上がって移動もできるしね。

野坂　でも、油断大敵と思って自分を戒めながら過ごしています。相手に言っても仕方ないですから、私自身が気を引き締めていないと。

コラム 10

介護保険制度とは

社団法人シルバーサービス振興会 企画部 部長　久留善武

●介護保険制度の基本理念

高齢期を迎えて、寝たきりや認知症などによりたとえ介護が必要な状態になっても、住み慣れた地域で、その人らしい生活を自らの意思で送ることは国民の切実な願いです。しかし、現実的には家族や親族だけで介護を続けていくことは困難となってきていますし、単身世帯や高齢夫婦のみの世帯も増加してきていますから、これを社会全体で支えるために二〇〇〇年四月からスタートしたのが介護保険制度です。

また、これまで行政（市町村）から提供される高齢者福祉サービスは、所得などの制限があり誰でも利用できるものではなく、利用できるサービスや量も行政が一方的に決める仕組み（措置制度）でした。これに対し介護保険制度では、民間企業や市民参加の非営利組織など多様な事業者の参入が認められ、医療や介護のサービスメニューの中から利用者が主体的に選択（自己決定）して、介護事業者と直接契約して利用する仕組みとなりました。

多様な事業者が参入し、それぞれがサービスの質を競い合いながら利用者本位のサービス提供に努めることで、利用者の選択の幅が拡大するとともに、サービスの質の向上につながることが期待されています。

つまり「行政から与えられるサービス」から、「保険料や自己負担分を支払い、自ら主体的に利用するサービス」へと転換したのです。このため、この制度では、高齢者の尊厳を保持することが非常に重要な位置づけとなっており、「利用者本位」「高齢者の自立支援」「利用者による選択（自己決定）」などが、基本理念として掲げられています。

このように介護保険制度では、利用者と事業者が「契約」において当事者となり、対等な立場で向かい合う関係になりました。しかしながら、どういった事業者を選べばよいのか、サービス内容はどうなのかといった事前の情報収集や、利用者が実際に事業所を訪ねてチェックすることが困難であったことから、こうした利用者の選択を支援するため、介護保険法において、原則としてすべての介護サービス事業者に一定の情報を公表させることを義務づけた「介護サービス情報の公表制度」も、二〇〇六年四月から導入されています。

●介護保険制度の仕組み

介護保険制度は、六五歳以上の方（第一号被保険者）と、四〇歳以上～六五歳未満で社会保険や国民健康保険などの医療保険に加入している方（第二号被保険者）が加入者（被保険者）となります。これらの方々が介護保険サービスを利用するには、要介護認定を受けなければなりません。

要介護認定は、市町村の介護保険窓口に申請し、寝たきりや認知症などの要介護状態、または要支援の状態にあるかどうか、介護の必要度合い（要介護度）を判定してもらうもので、訪問調査員が、介護を受けたい人の日常の生活の様子など一定の項目について、本人や家族に聞き取り調査します。その調査結果と、かかりつけ医の意見書をもとに、保健・医療・福祉の専門家からなる審査会で、七段階に区分された要介護度のいずれかに判定されます。

認定には一定期間ごとに見直しがありますし、状態の悪化などで重度になったときは、期間の途中でも要介護度を変更してもらえることになっています。逆に、要介護認定で介護が必要な状態ではないと判断された場合には、介護サービスは受けられません。

次に、要介護または要支援と認定された方が、実際に介護サービスを利用するにあたっては、利用者一人ひとりに個別の「ケアプラン」といわれる介護計画を立てて、この計画にしたがって介護サービス事業者から具体的にサービスが提供されることになります。このケアプラン作成のサービスには自己負担がなく、無償で利用できます。

認定された要介護度に応じて提供されるサービスの上限額が定められており、実際に利用したサービスの費用のうち、九割が保険給付として市町村から支払われ、本人は一割を自己負担することになっています。

介護保険は、介護を必要とする方がその有する能力に応じて自立して生活ができるよう、在宅・施設の両面にわたって必要な福祉サービス、医療サービスなどを総合的に提供するためのものです。特に、在宅に関する給付については、介護を必要とする多くの方々が、できる限り住み慣れた家庭や地域で生活を送ることができるようサービス内容の充実を図り、二四時間対応が行えるような水準となっています。

介護保険制度は、高齢者が主役の制度です。利用できるサービスや給付額などの詳細な情報については、市町村の介護保険担当窓口に相談されるか、居宅介護支援事業所のケアマネージャーに気軽に相談してみましょう。

◉音楽療法リハビリ

野坂　うちは手足のリハビリのほかに、発声のリハビリも続けているんです。左の脳に梗塞があったので、言葉とか発声がうまくいかなくて。

小山　大島も左脳だから、まったく同じ症状でした。それに頭の中にあることと、しゃべる言葉とがうまく結びつかないから、思ったように話せない。言葉が出てくるまでにすごく時間がかかるの。

野坂　野坂の場合、舌の位置がうまく定まらなくて、妙な発声になってしまうんです。のどの奥へ舌を巻き込むので詰まった声になる。やっぱり、自分の気持ちとか言いたいことがスムーズに伝わらないのが、彼にはつらいようなんですね。音読リハビリもトライしてはみたんですけれど、どうもしっくりこない。それで歌でやってみたんです。

小山　野坂さんは、「クロード野坂」という芸名でレコードを出している歌手ですものね。

野坂　好きだっていうせいもあるんでしょうけれど、歌だと言葉がすっと出てきやすいみたい。うまくいってます。

欧米では音楽療法が盛んなのだそうですね。イギリスで勉強した先生がいらして、紹介していただいたんです。何をするのかなと思ったら、好きな歌を思い出しながら歌うとか、今の季節に合った歌を歌うとか。彼の場合は、そんなところからスタートしました。発声練習をしていると、どんどん声が出るようになるんです。

小山　やっぱり訓練すると、出るようになるのね。

野坂　「あなたは本当にいい声だったのよね」とかなんとか、よいしょしながらですけれど。「クロード野坂さん、お願いします」って。そうすると、「僕はギャラ高いよ」とかいいながら、のって歌ってくれる（笑）。お風呂に入りながらシャンソンを歌ったりもしています。

小山　なんだか楽しそう。

野坂　あるとき、ふっと思いついて、先生に「マイクがあるともっといいかもしれない」っていう話をしたんですよ、あの人はおだてると歌いますからって。それはいいですねということになって、先生がマイクを持っていらしたの。カラオケみたいなもんですから、ちょっとエコーがきいて歌うほうも気分が違いますよね。『黒の舟唄』とか『マリリン・モンロー・ノーリターン』とか、昔の持ち歌がすんなり歌えたので、いい気持ちになったんでしょうね。それからどんどん声が出るようになって。お調子者なので。

小山　よかった。すばらしいことね。

野坂　練習中は、大きい声でお願いしますね、って言って、私はドアを閉めちゃうんですけれども、本当に昔のような気分で歌ってますね。気が入ってるので、歌がすごくいい感じになってきたようです。

小山　四月に大島の喜寿のお祝いをしたときに、大島が『巨人の星』の「行け行け飛雄馬」をすごい大きな声で歌ってくれたの。映画関係のスタッフの方が七〇人くらい集って祝ってくださっていたんですが、それまで声なんて全然出なかったのよ。ものすごく感激して、思わずぐっときちゃいました。だから野坂さんのお話をうかがって、うちもやるといいのではと思いましたよ。

野坂　ぜひぜひ。保険はききませんけれどもね（笑）。何でもやってみたほうがいいです。私、いいと言われると何でもやってみるの。少し高いかもしれないけど、彼の「やる気」を引き出せるのが一番いいことだと思うのでこれからも続けるつもりです。

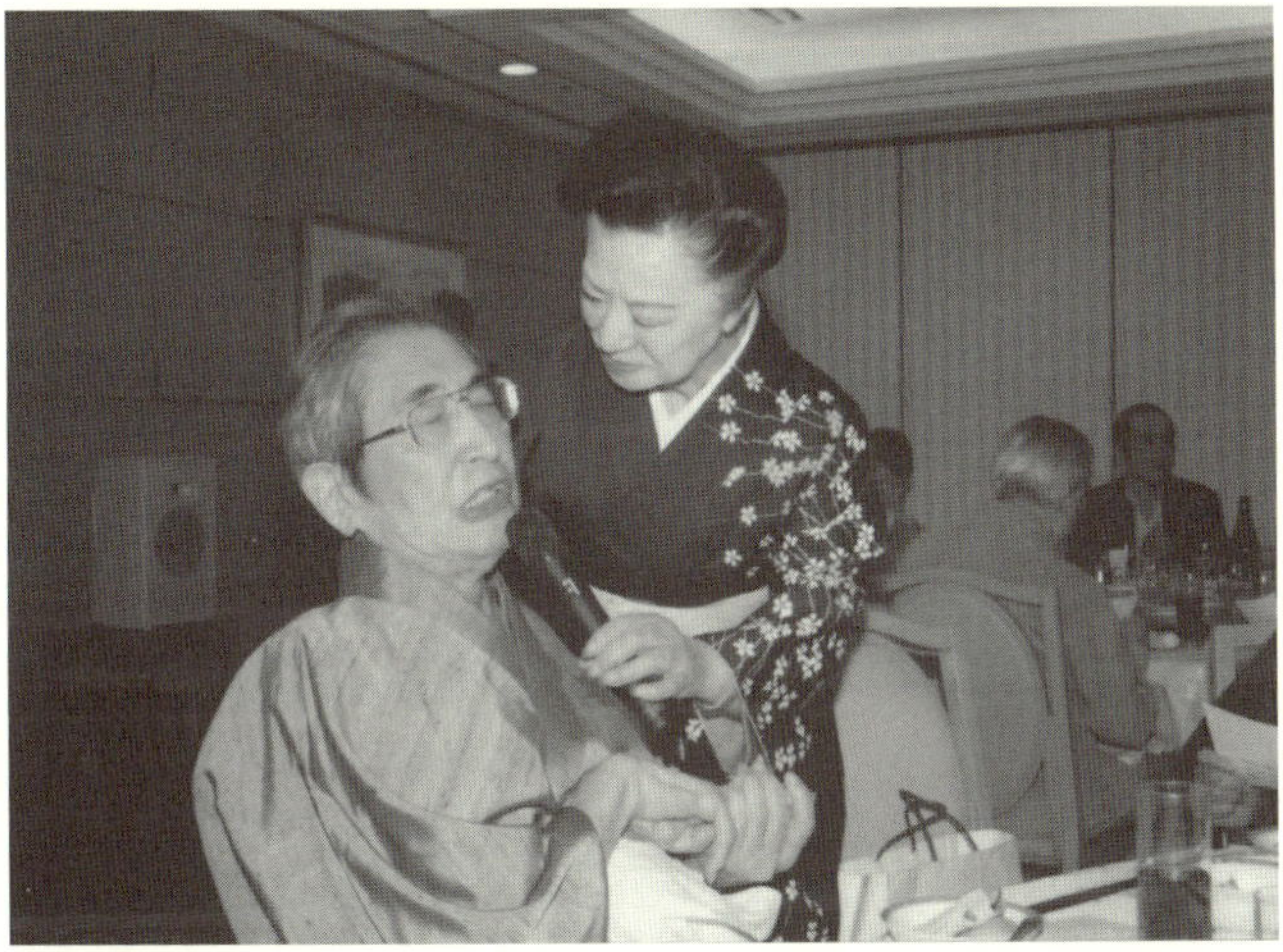

2009年4月。大島監督の「喜寿の会」にて。『巨人の星』の「行け行け飛雄馬」を大きな声で歌う監督

「喜寿の会」で出席者に贈られた、小山さん手づくりの思い出アルバム

小山　近いうちにＣＤをお出しになるんでしょう。

野坂　そうなの（笑）。作曲家の桜井順さんが早口言葉に曲をつけたりして、野坂にリハビリソングをつくってファックスでしょっちゅう送ってくださっていたんです。ひょんなことから、それを野坂が歌ってＣＤにしましょうという提案がありましてね。野坂の出来しだいで、うまくいけばですけれども。

小山　いいことじゃないですか。

野坂　上手な人が上手に歌うんじゃなくて、リハビリ中で舌が回らなくても、声が出なくてもリハビリのために野坂が歌っているというものね。同じような病気の人へのエールにもなればいいかなと思って。今は、そのリハビリソングの練習をしているんです。

小山　なんでもトライすることって大切ね。

野坂　桜井さんに、「介護する人の歌もつくってください」とお願いしたら、すぐにつくってくれたんです。タイトルは「大介護」（笑）。

小山　どんな歌なのかしら。ぜひ聞きたいわ。

◉サポートの要、ヘルパーさん

小山　野坂さんは、暘子さんの口述筆記で、お仕事を再開されてますものね。

野坂　ええ。倒れた翌年（二〇〇四年）の二月くらいから、少しずつ始めています。でも、口述していても、私がちょっと席を外すとそのすきにベッドに逃げ込んでいたりして、そういうときは不思議に素早いの（笑）。たとえば今、永六輔さんがパーソナリティをされているラジオ番組『土曜ワイド』（TBS）に野坂の近況をお知らせするコーナーをいただいていますし、新聞などにもエッセイを連載しているので、皆さんに読んでいただきたいわ。野坂の写真も添えてるんですけれど、私が撮影しているんですよ。

小山　黒田征太郎さんや荒木経惟さんと作られた『野荒れ　ノアーレ』（講談社）、あれはいつ頃の写真なんですか？

野坂　おととし（二〇〇七年）、ですか。倒れてから五年目です。野坂と四〇年来のつきあいの黒田征太郎さんが訪ねてきてくださって、野坂の様子を見てびっくりなさったの。すごくいい顔している、目つきなんて鋭くて前よりずっといい、野坂の今をみんなに見せたいとおっしゃって、黒田さんのイラストと荒木経惟さんの写真、野坂の文章をコラボさせたような本を出すことになったんです。我が家にいらしたアラーキーさんが、撮影しながら「来た、来た、来たーっ！」って叫んで（笑）、野坂もすっかりのせられて。なかなかいい表情をしています。

小山　どの写真も素敵。まさに「ダンディ野坂」ね。それと「逢いたいと思う人／十四歳の昭和少年／励ましてやりたい」という詩。これを読んで「ああ野坂さんの原点は〝十四歳だった自分〟にあるんだ」と思って心打たれました。神戸の空襲で、焼け出された歳でしょう？

野坂さんの思いは、いつも戦争につながっているんだなと、改めて感銘を受けました。でも介護と執筆アシスタントと、それにお仕事もされて、暘子さんも本当に大変。一度、腹膜炎で入院したこともあったんでしたよね。

野坂　野坂の誤嚥肺炎の後、一〇日ほど入院しました。疲労もピークだったのかもしれません。そのときに彼が見舞いに来てくれたんですが、病室の入り口に立って大声で一言、「しっかりしろ！」って言ったんですよ（笑）。それは私のせりふよ！って思ったんですけれども。大笑いしちゃいました。

小山　野坂さんなりに、何て言おうか考えた末だったのよ。

野坂　「私がいないと寂しいでしょ」って切り返しました（笑）。少しはありがたみを感じてもらわなきゃ。

小山　のろけるようですけど、大島はよく「ありがとう」って言ってくれましたよ。私だけじゃなくて、お手伝いしてくれるみんなにも。それでずいぶん気持ちがやわらいだというところがあるわね。今はあんまり言ってくれなくなっちゃったけど。

野坂　野坂は言わないんですよ。彼の気持ちはよく分かっているつもりですけれど、でも言葉で言ってほしいときってあるでしょう。この前も「私に感謝してる？」って聞いたら、モゾモゾしながら「……してます」って言うの。「拝みたくなるでしょ？　拝みたい？　じゃあ、お賽銭ください」なんてね（笑）。

小山　曜子さんのそのユーモアで、野坂さんもすごく気分が明るくなるんだと思うわ。

野坂　野坂は、もともと人見知りだし、無愛想なたちです。それにあんまり人に構われたくないタイプなんです。だからヘルパーさんにお願いして、私が家を空けるときとか、そこがちょっと気がかりで。うまく交流できているのかどうか。

小山　そうですね。

野坂　たとえばトイレに行きたくとも、野坂は絶対にヘルパーさんには言わないんです。「二時間おきにトイレに行かせてください」とお願いしておいても、聞けば「もう行った」って返事をするらしくて。そうするとヘルパーさんも「先生がそうおっしゃったから」ってなってしまう。でも、絶対行ってないんですよ。まあ、こちらの気持ちとしては、そこを何とか察してうまく運んでもらえればなあと思ってしまうのね。

小山　難しいわね。

野坂　だからヘルパーさんのほうから声をかけてほしいとお願いしているんです。何か頼みたいことありませんかって、聞いてやってくださいって。相手が野坂では大変なのはよく分かるんですけどね。私も「彼は、こういうちょっと変わったところがありますから、こうで、こうで」と説明しているうちに、他人様にそれを理解してもらうのは無理かも、という遠慮が生まれてしまって。結局、仕方ないか、で終わってしまう。自分のリクエストを伝えて分かってもらうのって、なかなか難しいと実感しています。

小山　ここのところ、介護をテーマにした講演を頼まれて私が出掛けることが増えてきたんです。うつで苦しんだこともひっくるめて、自分の体験が少しでも誰かの役に立てばと思って、可能な限りお受けしているの。
そういうときとか、外から「どう?」って家に何回か電話を入れるんですが、今日はだんな様はこうで、こうでと、きちんと報告してくれる。私の希望も通じていて、どうやらうまく連携できているなと思っています。大島にも、すごくよく声をかけてくれますよ。「だんな様、寒くないですかー」とかね。

野坂 そう、そんなことをね、聞いてやってほしいんです。

小山 ヘルパーさんはずっと同じ人に頼むわけにはいかないから、ときどき変わりますよね。うちは介護が始まってもう一四年目なんですけど、人には恵まれていたなって思うの。
たとえば、一番最初に来てくれた方はね、一年間でしたがリハビリにものすごく熱心に協力してくれて、病院に行ってはいろんな情報を仕入れてきて、棒体操っていうのがいいみたいです、とか教えてくれたの。

野坂 そういうことってありがたいですよね。

小山 椅子に座って、掃除のモップの柄を前に立てて、右手、左手、右手、と交互に柄を握ったり、お手玉でリハビリとか、すごく一生懸命やってくれました。「お昼休みなんだから、あなた少しお休みして」って、こちらが言うくらい。だけど、何とかして大島を歩けるようにしたいって、もう心が違った。すごかったですよ。いい人に巡り会いました。

野坂　この人は一生懸命考えてくれる、という雰囲気は伝わってきますよね。

小山　ただ、どんなに優れた人でも、押さえるべきところは押さえておかないと。今までの長い経験からいえば、「慣れ」とか「油断」とかは、誰にでも必ずありますものね。自分の希望どおりのケアをしてくれているのかも、しっかり確認して、言うべきところはしっかり言ったほうがいい。不満をためこむのはお互いのためによくないですよ。

改善してほしいことはケアマネにも伝えるべきですしね。だけど、ヘルパーさんのほうでもできること、できないことが決まっているから、それはお願いする側も把握しておかないとトラブルのもとになると聞きますね。そこは厳然としているみたいですよ。

私もヘルパーさんには大島のことだけのみをやってもらってます。食べさせてもらったりそういう面倒は見てもらうけど、お洗濯も大島のものだけです。

野坂　私はＮＰＯの事業所に依頼しているので、私の用事も引き受けてもらえるんですね、時間内であれば。でも家を半日空けるのも一苦労。ヘルパーさんは時間制限があるから、二時間以上お願いできないし、続けて他の方にお願いもできない。

小山　ねえ。どうしてそういう制度にしたのかしら。

野坂　介護する側からすれば、ヘルパーさんは頼みの綱ですけれど、大変なお仕事のわりには待遇面での問題があるようですね。そういったことが、人手不足の原因でもあるようですし。
大事なことは、社会でヘルパーという仕事の技術と立場を、高く評価してほしいことですね。社会的地位が安定すれば人も増え、内容も豊かになると思います。こちらは頼りにしているんですもの。プロの介護の方法をそばで見て学びたいという思いもあります。

小山　頼むほうは、最初、何も分からないんだから。ヘルパーさんに頼るところって、大きいものね。

コラム 11

ケアマネージャーとケアプラン

社団法人シルバーサービス振興会 企画部 部長 久留善武

●「ケアプラン」の作成

介護保険制度では、たとえ介護が必要な状態となっても、その人らしい生活を自らの意思で送ることができるよう、利用者の心身の状況や置かれている環境等に応じて、保健・医療・介護にわたるさまざまなサービスを適切に提供することが重要となります。適切なサービス利用ができなかった場合には、かえって状態が悪化してしまうこともあり得るからです。

このため、ケアマネージャー（介護支援専門員）と呼ばれる専門職が、利用者や家族の支援者としてそれぞれの希望を聞きながら、利用者本人の自立に向けて必要となるサービスを「ケアプラン」（居宅サービス計画、介護予防サービス計画）にとりまとめ、これに基づいて保健・医療・福祉等の各種サービスが総合的・継続的に提供されることになっています。施設サービスについても同様で、入所・入院した要介護高齢者に対して、必ずケアプラン（施設サービス計画）を作成しなければなりません。このケアプランの作成にあたっては、必ず利用者や家族の意見や希望を踏まえることになっていますし、作成後も確認してもらうことになっていますから変更なども可能です。特に、介護サービス事業者の選定については、その事業者の特長やサービス内容について十分に説明を受けてから選択するようにしましょう。

●介護サービスの給付管理

介護保険制度では、利用者の要介護度によって一ヶ月あたりの支給限度額が決められています。要介護・要支援区分ごとの介護保険支給限度額の目安は左記の通りです。

・要支援1：　四九、七〇〇〇円
・要支援2：一〇四、〇〇〇円
・要介護1：一六五、八〇〇〇円
・要介護2：一九四、八〇〇〇円
・要介護3：二六七、五〇〇〇円
・要介護4：三〇六、〇〇〇〇円
・要介護5：三五八、三〇〇〇円

この上限額の範囲内において、どのようなサービスが必要か、どれくらいの量や頻度で組み合わせていくかといったことを利用者の選択に基づき、ケアプランにおいて具体化し、これを利用者と相談・確認しあいながら給付状況を管理していくのもケアマネージャーの重要な仕事です。

このケアプランは、自分で作成することもできますが、個人では、サービスの種類や効果、費用の計算方法、サービスを提供する事業者の情報などを得るのが大変です。このため専門知識を有するケアマネージャーに作成を依頼する方法が一般的です。このように、ケアマネージャーは、介護サービスを利用する上で、利用者の支援者としてのキーパーソンなのです。どのケアマネージャーに依頼するかは、利用者が選ぶことができますし、ケアプランを立ててもらうための費用は、全額が介護保険から支給されますので自己負担はありません。

要介護認定は基本的に六ヶ月ごとに見直すこととなっていますので、これに合わせてケアプランも見直されることになります。それ以外でも、すでにふれたように、利用者の状態の変化や希望に基づき、ケアプランの変更は可能です。

このように、ケアマネージャーは介護サービスの利用にあたっての支援者ですから、利用者である高齢者の尊厳を大切にし、介護者にも思いやりを持って接してくれて、信頼できる方にお願いすることが大切です。

【第四章】

家族に支えられて

◉備えあれば憂いなし——保険&かかりつけ医

野坂　大島さんがお倒れになったときのことを、「青天の霹靂」って小山さんはおっしゃいましたけど、まったく同感。こういうときに使う言葉なんですね。

小山　本当にね……。びっくりしましたよね。

野坂　人生の第一幕の緞帳がどーんって降りて、準備もなしに第二幕の舞台が始まって、休まず無我夢中で走ってきたら六年間が過ぎていたという感じですもの。

小山　準備といえば、野坂さんは何か保険に加入していらした？

野坂　それが、野坂は高額の保険に入っていたんですけれども、なんと倒れる直前に解約していたんです。ちょうどその当時、大手の保険会社が倒産とか合併とかしていて、とても不安になってしまって。

小山　ああ……。うちはね、入ってなかったんです。大島が、生命保険が大嫌いな人なの。

野坂　うちも嫌いなのに入れたんですよ。長く入っていたから、それがあればどんなに助かったかと思いますけど、後の祭りというか。

小山　悔しいわよね。私は保険が大好きで（笑）、大島には内緒でね、私が掛け金を払って「がん保険」に入れていたの。ずっと払い続けていたんですけど、去年解約しました。だって大島はがんじゃないから、何ももらえないんですもの。唯一、入っていたのは郵便局の簡易保険（現かんぽ生命保険）だけ。

野坂　まあ、せめてもの救いというか……。

小山　うちはロンドンで倒れているので、海外での医療費や、高崎で外科医をしている兄や看護師に付き添ってもらって飛行機で日本へ連れて帰ってくる費用とか、それだけで一千万近い請求が来ましたから。しかも日本ではマスコミ対策もあって入院中も特別室に入らなければならなかったし、私もうつで入院しましたでしょう。驚くほどお金がかかりました。

まあ、これは特別な例ですけれど、どこで倒れるにしてもお金はかかるわね。

野坂　ため息が出るほど部屋代が高いですね。半年もの入院では、それこそ……。

小山　ね。野坂さんもうちも、どうしてもマスコミとか周囲の目があるので、一般病室というわけにいかないから、余計に入院はお金がかかってしまいますよね。それに、大島の頃は介護保険がまだない頃だから、ヘルパーさんも車椅子のリース代もみんな自費でしたから。

野坂　たまりませんね。

小山　今、大島が一番重い要介護度五で、介護保険の支給限度額は約三十六万円。ケアマネさんと相談してその枠内で最大限のサービスを受けられるように工夫しているんですけれど、それだけでは賄いきれない部分がどうしても出てくるの。週五日二四時間態勢でお手伝いさんをお願いするようにもなったので、そういう費用とかもありますし。経済が本当に大変です。

野坂　保険に入っていたら、という思いはどうしても残りますね。

小山　私自身はね、いろいろ入っているの。暘子さんは入ってらっしゃる？

野坂　六年前に野坂が倒れたときに、ああこれはいけないと思って入りました。そうしたら、私が腹膜炎で入院したでしょう。そのときは保険が使えたの。やっぱりかけておくべきだと実感しましたね。

ただ「もしものときの備え」としては、保険だけじゃなくて、近所のお医者様、かかりつけ医も必要だと思いませんか？

小山　その通りね。

野坂　うちは野坂を以前に診ていただいていた大学病院の先生と、たまたまうまく連絡がとれましたけれど、これはすごくラッキーなことだったと思うんです。近所に、自分の病歴のことなどを承知してくれているかかりつけのお医者様を持つというのは、本当に大事だと思いました。普段から、何かあればすぐ行って診てもらえるような。

小山　そうですよね。今、うちでは近所で開業したお医者様に、前にかかっていた市民病院にあったデータを全部そこに移して、診ていただいているんです。訪問診療をしてくださるから、調子が悪いというと、看護師さんが点滴をしに来てくださるし、先生も何かあると帰りに寄ってくださる。家庭医がいるって、とても心丈夫です。

野坂　すごくうらやましい。

小山　安心でしょう。

野坂　大学病院は長い時間待たされるので、行くたびにくたくたになるんです。薬をもらうのに一時間くらい待ったりするのは、ざらですから。

小山　近所なので、いざとなったら大島を車いすで連れて行けるし。大きな病院と比べたら、薬をもらうのにも、時間も手間もかかりませんし。

野坂　理想的な態勢ですよね。

小山　それと、地元ですと知り合いも多いので、そういうつながりに助けられることもあるのね。つい先日も、大島が急に目が痛いと言い出して、それが日曜日だったので、困ってしまって。そうしたら、たまたま近所に長男の友人の眼科の先生がいらして、頼んだら来てくださったの。結局ヘルペスだったんです。持つべきものは医者の友だち、なんて長男は言ってましたが、地元のネットワークも大切だなと実感しました。

コラム 12

かかりつけ医を持とう

内田医院理事長／日本医師会常任理事　内田健夫

●地域で安心して暮らす

「かかりつけ医」という言葉は、「ちょっと具合が悪い時に気軽に診てもらえる近所の開業医」というイメージです。

医師にも患者にも安心・安全な医療を実現するために「かかりつけの医師を持とう」というPRは、以前から取り組まれてきました。最近は、地域の基幹病院で「紹介医制度」を取り入れるところが多くなり、「大きな深刻な病気は、近所のかかりつけの医師に紹介状をもらって大きな病院へ」というスタイルが定着してきました。

医療制度改革の試みのひとつとして二〇〇七年度に厚生労働省は、デンマークや英国など各国のかかりつけ医制度の現状を調査したうえで、日本にも「かかりつけ医」を導入しようと検討を始めました。

厚生労働省の意図は、「特定の開業医が患者の心身の状態を普段から把握し、外来診療から在宅ケア、看取りまで対応する」という、いわゆる「在宅医療」の体制整備と病院での医療との連携体制の構築です。患者の側にとっても、信頼できる医師が近所にいてくれるのは心強いことではないでしょうか。何かあったら、相談にのってもらえる医師が近くにいるということは、高齢者はもとより家族、そして介護する人にとっても安心できる大事なポイントになります。

当初は、社会の高齢化に対応するため、老年病などの専門医を「かかりつけ医」として承認しようという意見もありましたが、七五歳以上の高齢者に対しては二〇〇六年の医療改革で新しい保険制度（後期高齢者医療保険）の創設があり、その後、同保険制度の見直し（廃止）が進んでいるため、さらに具体的な詳細は待たなければならないようです。

●介護生活を支える力

厚労省の検討している「かかりつけ医」の条件は、

(1)高齢者が抱える複数の疾患を総合的に診断・治療し、必要なときには心のケアも行える

(2)介護保険のケアマネジャーらとも連携をとり、患者の生活に合わせた在宅療養のアドバイスができる

(3)積極的な訪問診療を行う

(4)痛みを緩和するケアなど終末期医療に対応できる

というものです。

高齢になっても、独り暮らしになっても、病を得ても、地域で安心して生活できるようなシステムがあれば、だれにとっても心強いものでしょう。基本的には、診療を受けたり健康問題を相談したりするには、かかりつけ医にかかり、かかりつけ医にも対応できないことが生じた場合は専門の医療機関などに紹介してもらえる体制が望ましいと思われます。

「認定」については、麻酔科医のように厚労省認定の資格とする、学会や日本医師会が認めた資格にする、など選択肢があるようです。今後、さらに具体的な検討が進められるものと思います。

●かかりつけ医のすること、できること

充実した「かかりつけ医制度」を実現するためには、解決しなくてはならない課題があります。たとえば、一般的な医師不足に加え、開業医でも専門分野ごとに細分化が進んでおり、高齢の患者の心身を総合的に診断できる医師がまだまだ少ないことです。

日本医師会は、本年度の事業計画のなかで、地域医療提供体制の確立、再生を重要課題のひとつとしてあげ、そのなかでも「かかりつけ医機能の充実」を提言しています（二〇〇九年度版「国民の幸せを支える医療であるために」）。住み慣れた地域での在宅療養を支

えるため、会員に対する終末期の緩和ケアなどの知識習得、認知症への対応力の向上などの研修制度を、より充実させる方針です。

また、ご承知のように、介護保険は今までの日本にはなかった画期的な制度です。医療崩壊、医療危機が叫ばれ、制度の改革や変更なども相次ぐ中で、現場の医師も対応が大変です。しかし、生命の尊厳を大切に、病気になった人のために力を尽くしたいという思いを医師ならだれでも胸に抱いています。

かかりつけ医の導入は先進各国の研究からスタートしましたが、今後は、日本独自のスタイルによって、かかりつけ医と患者さんが、信頼関係を築く中で支え合いの社会を築いていくことが重要ではないでしょうか。

◉家族がいるから

小山　病気の後って、車椅子が必要なせいもありますが、病院に行くほかに出かけることが少なくなりがちよね。

野坂　野坂は自分のことを「引きこもりリハビリ仙人」と言ってます（笑）。すっかり出無精になってしまって。リハビリ病院を退院した後も、散歩やら何やらお尻をたたいてなるべく一緒に外に出て、軽井沢にも車でですけど連れ出したりしていたんです。

少しよくなってからは、思い切って沖縄に行ったり、娘に一緒についていってもらい、お医者様の許可を得て少しずつ時間を延長してバリ島やグアム、ハワイにも行きました。野坂は海が好きなので。

戦争がらみの思いがあるから、ハワイは絶対に行かないって昔から野坂は言っていたの。だけど、遊びに行くには便利なところだからと目をつぶってもらいました。歩こうという気にもなるらしくて、リハビリの面でもいいような気がします。

小山　気分転換は大事な薬よね。大島も一時はカンヌまで行けるほど回復しましたけれど、今はもうそこまではできないから、もっぱらイベントを大事にして、二人の息子家族と一緒にみんなで集まるようにしています。私たちの誕生日とか、結婚記念日とか、孫たちの誕生日とか。外食するときもあるのよ。移動はちょっと大変だけど、車椅子でも行けそうなお店を探しておけばそれほど苦でもないの。

野坂　うちは娘二人ですけど、家に来ると野坂もよくしゃべるんですよね。倒れた頃は、長女は子育ての真っ最中でしたし、次女は宝塚にいましたので、「心配しなくても、ママがついているから大丈夫」って言っていたんですが、何とか時間をつくってはよく訪ねてきてくれました。長女は、子どもが幼稚園に行っている間、野坂のリハビリに付き合って、ビーズをつなげたり、かるた取りみたいなゲームとか、一緒にやってくれたり。

小山　ああ、うちも。長男のところの孫が、「じいじ、遊ぼう」って一緒にすごろくみたいなゲームをしたり、トランプしたりしてましたね。大人と違って、へんな遠慮がないから、「それは違うよ」なんて平気で言えるし、大島もにこにこしながら、孫に注意されないように頑張っ

軽井沢にてくつろぐ野坂さんと暘子さん

バリ島で乾杯。２人の表情もやわらいで

てましたもの。

野坂　娘は意外にパパッ子といいますか、野坂が子どもをものすごくかわいがりましたので、今はやさしくも厳しく世話をしてもらって、いい気持ちなんじゃないかしら。食事を食べさせたりとか、お風呂に入れてくれたりとか、娘たちのほうが私よりうまいくらい（笑）。

小山　私はね、大島のことでは借り、といったら親子でおかしいけど、本当に借りができたなって思ってます。

最初、長男が私の代わりにロンドンに飛んでくれて、帰国してからは、私がうつで入院してしまったでしょう。長男の家は藤沢で近所に住んでいますから、大島の面倒をずいぶん見てくれていました。次男は病院の近くの富久町にいましたので、精神科への入院の手続きとかがあって手を借りたの。私の自殺願望が強くて、息子もお嫁さんもまったく気が気じゃなかったと思う。特に次男のところは新婚だったから、余計申し訳なかったなあと思っているんです。巻き込むつもりはなかったのに、結果としてどっぷり巻き込んでしまった。本当によく助けてくれました。私一人では、ここまでこれませんでしたね。子どもたちがいたから生きられたと思うくらい。

野坂　家族の支えは大きいですね。野坂が自力で歩けるようになったときも、その喜びを分か

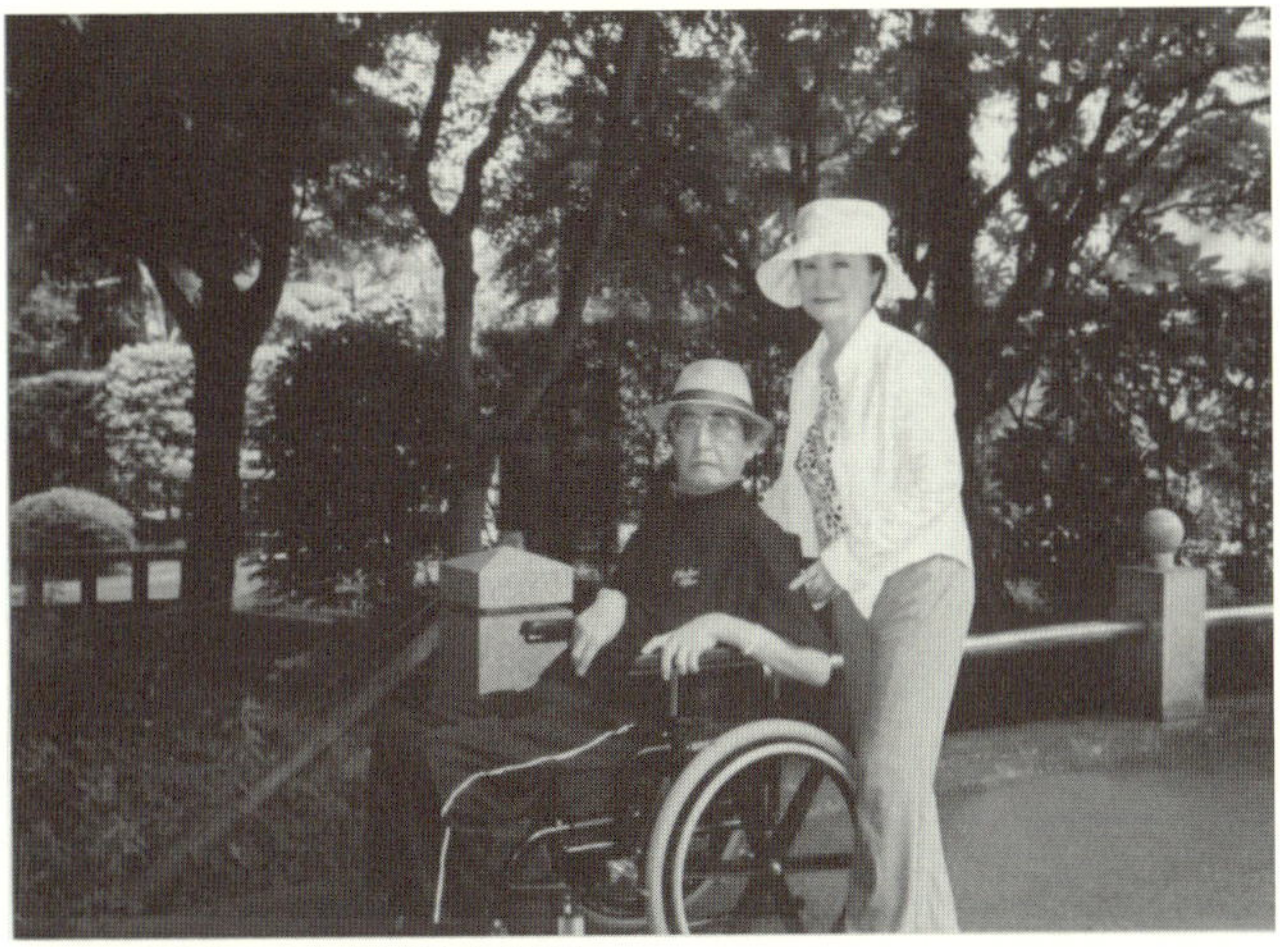

自宅付近を散策する大島監督と小山さん

大島夫婦を支える２人の息子と。右から次男・新さん、長男・武さん

ち合える、一緒になって喜び合える家族がいるって幸せだなと思いましたもの。二年ほど前に次女が結婚したんですが、結婚式で野坂は娘と腕を組んでヴァージンロードを歩いたんですよ。杖なしだったんで、どうなるかと思ったんですけれど。堂々、歩ききって。参列してくださった方々もみんな涙、涙でした。

小山　介護をしていると、どうしても自分のストレスについて考えがちですけど、介護される側も苦しいだろうなと思うのね。野坂さんも、大島も、それぞれの分野で格好よく先陣を切って走っていたような人だから、胸のうちを思うとつらいわね。

野坂　多分、自分自身にうんざりしているでしょうね。活字の世界で生きてきた彼が、ペンを握るはずの大事な右手が動かない。思い通りに文章を綴れない。無口な人なんで、何も言わない分、苦しみの重さをこちらは思ってしまうんですね。

だからといって、つらいでしょう、苦しいでしょうと、彼の気持ちにあんまり向き合おうとするのは、かえってよくないかなと思います。すべてのことについて、いちいち細かく世話されてしまうと、野坂の場合はだめみたいですね。「用事があったら呼んでちょうだい」とさらりと言うくらいのスタンスでいるほうが、いいみたいなんです。

小山　結局甘えるところは奥さんしかいないと思うの。野坂さんだから、大島だからじゃなくて。誰の夫でも、介護が必要な病気になったら甘えるのは妻だと思う。心を許して、何でも言えるし。その気持ちを私たちは上手に受け入れているっていう気がします。

野坂　そう思いますね。「大丈夫よ、大丈夫」「私がいるから安心して」「何でも言ってね」ってかけ声をかけながら、そばで見守ってきたという感じでしょうか。今は、野坂と私と、二人分生きているみたい。野坂昭如と呼んでくれてもいいのよ、くらいな感じで毎日過ごしています。

コラム 13

民間の介護保険

日刊工業新聞社 論説委員 川崎 一

介護への備えとしては公的な介護保険制度のほか、民間保険会社の介護保険があります。民間の介護保険には、各生命保険会社や損害保険会社が扱っている「介護保険」「介護費用保険」「介護特約」などがあります。両者の大きな違いは給付の方法です。公的介護保険は費用の一割を自己負担して介護サービスを受ける「現物給付」であるのに対して、民間の介護保険は契約に定める所定の要介護状態になった場合、契約時に定めた金額を受け取る「現金給付」である点です。

支払い事由については公的介護保険制度の要介護度に連動して支払われるタイプや、保険会社が定めた所定の状態が一定期間継続した場合に支払われるタイプなどがあります。現金の受け取り方法は一時金での受け取りや年金として毎年受け取る方法などがあります。一時金での受け取りは介護状態になった際、介護用品の購入や浴槽や階段への手摺の取付けなど初期費用としてまとまった資金が必要な場合に備えることができます。また年金での受け取りは、公的介護保険の自己負担費用・利用対象外サービスなど継続的に必要となる介護費用に対して備えることができます。

また介護で忘れてならないのは、介護される人も介護する人も働けなくなり、収入の道が途絶える悲惨な例もあるという現実です。「就業不能に伴う収入減をいかにして補うか」といった観点からも介護保険の保障内容を検討する必要があるでしょう。

さらに、交通事故などを要因とする若年介護といったケースも少なくありません。「介護は必ずしもお年寄りを対象としたものではない」という点にも留意が必要です。民間の介護保険は公的介護保険と違って、四〇歳未満の人でも加入できることも特徴のひとつです（ただし、健康状態によっては加入が制限される場合もあります）。

このほか、介護に関する相談をケアマネージャーから無料で受けることのできる「介護相談サービス」や、通報ボタンを押すだけで専門の看護師や相談員が救急車の手配などを行う「緊急通報サービス」などの介護関連サービスを行っている保険会社もあります。

保険会社によって保障内容、支払い事由、取り扱いサービスはまちまちです。加入を検討するに当たっては、まず介護保険でどこまで保障をしたいかということを明確にする必要があります。そのうえで、公的介護保険制度の内容を理解し、自己負担分や公的介護保険の範囲外の費用などについて、どこまで民間の介護保険で備えるかを考え、自分のニーズにあった商品を選ぶようにしましょう。

◉わが夫へのリスペクト

小山　排泄についても、初めのうちは自分でトイレに行くことができていたんですけれども、十二指腸潰瘍の手術をした後は、排便のコントロール機能が低下してしまって、今はいつもおむつをつけている状態です。さすがに最初は「ばかにしやがって」とか、「死んだほうがましだ」とか言って荒れました。だけど、体の自由がきかなくて、どうにも仕方のないことなんだと、最終的には受け入れてくれたんです。

人間、生きていれば排泄は当たり前のこと。下の世話が必要になったからといって、大島という人間の価値が変わるわけではないし、私が大島を尊敬する気持ちに変わりはないから、こういうお話もできるんですけれど。今は尿も便も、大事な健康のバロメーターになっています。尿の量とか色とか、雑菌が入っていないかとか。いわば子育てと一緒。子どもを育てているお母さんと一緒かな、今はそういう気持ちでいます。

野坂　尿に雑菌が入るっていうのは、すごく怖いですよね。野坂も一度尿路感染症をやったんです。突然、熱が出るんですよ。このときは救急車で入院しましたけれども。

小山　注意しないといけないのよね。それにうちは腸をいじっているから、便秘症なんですよ。つまると腸閉塞になっちゃうのでそれが怖い。だから尿と便、両方の様子を毎日ノートにつけています。

野坂　彼にとって自分が一番の介護人、ドクターなんだという自負がありますよね。相手の体を、自分の体のことよりもよく知っているんだという（笑）。

小山　知ってます。相手のサイクルをよく分かってます。

野坂　自分でつくって自分で食べさせますから、この人の腸の中にはこれが入っていて、悪いものは入ってないはずだと、そこまでは分かる。でもトイレに入ると鍵をかけちゃうんですよ。「お通じがありました?」って聞いても、「大丈夫、大丈夫」っていうばかりで、困ってしまうんですけれどね。大丈夫じゃ分からないって、よくもめるの。

小山　陽子さんが心配される気持ちはよく分かるし、野坂さんの気持ちも分かるわね。

野坂　野坂の美学なんでしょうね。そのあたりは大事にしてあげなければと思ってはいるんですけれど。

小山　介護の中でも特にデリケートな話ですよね、排泄は。介護される側の気持ちを考えると、下の世話をされるって一番つらいことかもしれない。だから、私はここでもユーモアの力を借りるんです。

たとえば自分でコントロールできないので、食事中に便が出てしまうこともある。そんなとき「すっきりしたでしょ。さあ、これで落ち着いて食べられるわね。ママが頑張ってつくったんだから、まずくってもおいしい顔して食べてよ」って言ってみたり。便秘になって薬を使ってでも便を出さないといけないときは、「ママなんかニョキニョキ出るのにねえ」って言うと、相手も思わずくすっとなる。「出て恥ずかしい」じゃなくて、ユーモアを交えて「出てよかったね」っていうやりとりができれば、少しは気持ちが楽になるでしょう。

野坂　ほんとにそうですね。深刻なこととか、暗くなりがちなことほどユーモアに変えれば、相手だけでなく自分もちょっと心が軽くなりますね。

小山　私ね、たとえば家族で集まって、孫にお年玉やら、お小遣いをあげるときは、必ず大島から、という形にするんです。この家で一番偉いのは大島だということを、孫にもしっかり伝えたいから。みんな「じいじ、ありがとう」って言ってくれますよ。車椅子に乗って、会話も

2009年の夏、軽井沢で。暘子さん、お気に入りのツーショット

十分にできるわけではないけれども、私が大島を誇りに思って、愛しい気持ちには変わりないんです。

野坂　私、口が悪いから野坂のことを「おやじ」とか「じじい」って言っちゃうんですよ。でも私がどんなに「このバカおやじ」ってつっかかったり泣いたりわめいたりしても、彼は黙ってそれを受け止めてくれる。彼が「男」でいてくれるので、私も自然に「女」でいられるのね。女にとって、これはとても幸せなことです。

小山　野坂さんも、大島もほぼ同世代。今、彼らのような魅力的な人、見あたらないわね。

野坂　本当。危険だけれども、素敵って人がいませんね。野坂は、その昔はダンディ作家と呼ばれて、「目を合わせた女性を妊娠させてしまう」とまで言わしめた人ですから。少々、体は不自由になっても、人目を意識すると背筋がしゃんと伸びて、帽子に手をやったりして、ダンディ野坂にスイッチが入るんです。

小山　仕事の面でも、代表作の「愛のコリーダ」が二〇〇〇年にリバイバル上映されて、再評価を受けたのはうれしかったですね。国際的には評価されても国内では「わいせつだ」ってずたずたにカットされてしまった作品でしたから。

著作集やＤＶＤ集も出されて、どんなときにも自分の主義主張をつらぬいてきた彼のすごさを改めて感じています。

野坂　野坂は、自分にはまだ書きたいことがある。自分の体験を含めて戦争の悲惨さを伝えていく使命があるんだって言ってます。頭の中はクリアですから、何か作品の構想が出来上がりつつあるのかなって、期待しているんですよ。それを口述筆記でしなければならないのが大変なんですけれど、私も頑張って彼の思いを伝えるサポートをしていこうと思っています。

コラム 14

老化と排尿

棚橋よしかつ＋泌尿器科 院長 棚橋善克

●泌尿器の仕組み

尿は、腎臓でつくられ、尿管を通って流れていきます。そして、いったん膀胱にたくわえられ、尿道を通ってからだの外へと排泄されます。

排尿の仕組みについて説明します。膀胱にある程度尿が貯まると、情報が脊椎を伝わって脳に伝わり、「橋排尿中枢」と「大脳皮質」に届きます。そして尿意となります。「橋排尿中枢」は排尿の司令を出すところですが、膀胱に尿が貯まっても、即、排尿とならないよう、大脳皮質がそれを制御します。トイレに行って排尿の準備が整うと、そこで大脳皮質からの抑制が解除され、はじめて排尿が始まるのです。この際も、膀胱および尿道括約筋が協調的に働くという絶妙な仕組みにより、尿意を感じたとたんに排尿とならないようになっています。

ところが、こうした精巧な仕組みが、何らかの原因でうまく作動しなくなると、尿失禁（尿漏れ）や、過活動性膀胱による頻尿などの症状が起こります。また、尿がまったく排出されなくなる、尿閉という病態も生じることがあります。

●排尿の障害

尿失禁とは、時と場所を選ばず、自分の意志とは無関係に、不随意に尿が漏れる状態をいいます。高齢者における尿失禁の頻度は高く、高齢者の一〇%、施設入所者では五〇%に認められるとされています。症状や検査結果から、(1)腹圧性尿失禁、(2)切迫性尿失禁、(3)溢流《いつりゅう》性尿失禁、(4)機能性尿失禁などに分類されます。

「腹圧性尿失禁」は、立ち上がったり、笑ったり、咳をしたり、くしゃみをしたりしたときに尿が漏れる病態です。急にお腹に力がはいり（腹圧が上昇して）起きるものです。したがって、座っているときや、寝ているときにはほとんど漏れません。骨盤底筋という筋肉が弱くなるために、少しの圧力で膀胱の出口の筋肉（括約筋）が開いてしまうために起こります。中高年女性に多い病態です。

「切迫性尿失禁」は、強い尿意をもよおす（尿意切迫感）と同時、あるいはその直後に、かってに尿が漏れてしまう状態です。高齢者や脳梗塞後などの脳血管障害（膀胱の収縮をおさえる大脳の働きが低下）、急性膀胱炎、急性後部尿道炎、神経因性膀胱などにより、尿意が強いため抑制がきかず漏出するのです。これらの病態では、尿失禁のあと膀胱には、ほとんど尿が残っていません。

「溢流性尿失禁」では、尿失禁のすぐ後でも膀胱に尿が残っています。膀胱の容量いっぱいに尿が貯まり、かつそれを排出できないため、腎臓から運ばれた尿が少しずつ、絶え間なく、溢れ出すように漏れる病態です。膀胱はいつも満タンで、膀胱の有効容量が極端に減少し、オーバーフローするためなのです。尿失禁はあるのに、つねに残尿があるという、一見矛盾した所見があります。前立腺肥大症や神経の異常で、膀胱内にたくさん尿が残っていることが原因となります。しかも、診断が遅れると水腎症から腎不全をきたす危険がありますので、とくに注意が必要です。

「機能性尿失禁」は、上記の尿失禁と異なり、膀胱尿道機能は正常なのに、痴呆や運動障害などで尿器への排尿ができずに漏らすことです。トイレがどこにあるか分からなかったり、排尿しようとする意志がないなどのために、尿を漏らしてしまうのです。また、運動失調、麻痺や関節痛、視力低下などがあると、トイレへ行くことや、排尿動作ができなくなり、尿失禁をきたすのです。要介護高齢者の尿失禁の多くは、この適切でない状況下で排尿してしまう機能性尿失禁で、しかも腹圧性尿失禁や神経因性膀胱が伴うことがあります。

一方、「過活動性膀胱」は、尿意切迫感（急に起こる、我慢することが困難な強い尿意）という自覚症状を特徴とする機能的障害で、たいていは頻尿（昼間・夜間）を伴います。切迫性尿失禁を伴うこともあります。加齢、骨盤底の脆弱化、前立腺肥大症などで膀胱が過敏になる場合、脳血管障害、パーキンソン病などで膀胱を支配する神経の働きがうまくいかない場合などに起こります。過活動性膀胱は、日本人の場合、四〇歳以上の人、八人に一人に起こっているといわれ、決して珍しい病気ではありません。

「尿閉」は、さまざまな原因で、尿がまったく体外に排出されなくなる病態で、放置すると、ただちに生命が危険にさらされます。

私たち「泌尿器科医」は、尿を健康状態のバロメータとみていて、たくさんの病気や健康に関する情報が詰まっていると考えます。介護する方も、できれば排尿回数や状態、紙オムツをしている人は交換の回数なども、記録しておかれるとよいでしょう。また、溢流性尿失禁や尿閉のように、腎機能、ひいては生命予後に影響を与える病態もありますので、排尿状態に何らかの異常があると感じたら、迷わず専門医に相談するとよいでしょう。

◉今日一日を楽しく

野坂　うつのお話で、糖尿病食のことをおっしゃってましたが、今はどのように？

小山　カロリー計算は、うつになるほど勉強したおかげで、計らなくてもだいたい予想がつくようになったんですけれど、結論からいえば、ソフトな食事療法に変えました。開き直っちゃったの。大島はね、十二指腸潰瘍で入院しているとき、病院で点滴のみでも血糖値が三〇〇あったんです。

野坂　ええー。

小山　彼は糖尿体質だったのね。どうしようもないんですよ。なのに、毎日あれはだめ、これはだめってご飯を制限して長生きしても幸せかなって。食べる楽しみって大きいでしょう。がんじがらめにするよりも、大島がハッピーで機嫌良く過ごせるようにしてあげたいなと思ったんです。もちろんカロリー計算はしていますし、揚げ物みたいにカロリーが高いものは控えますが、ビールも解禁、おいしいもの、好きなものを少しずつ食べましょうねっていうことにしてしまったの。

野坂　思い出したんですけど、あるお宅でね、誤嚥を防ぐために食べ物を全部一緒にミキサーにかけて飲ませているという話を聞いたんです。

小山　うーん。確かにのどの通りはいいかもしれませんけどねえ。

野坂　ご家庭ごとに、いろいろ事情があるでしょうけれど、それではちょっと悲しすぎませんか。私、野坂には「食事はゆっくり食べてね」と言っているんです。むせやすいからっていうこともあるけれど、食事そのものを楽しんでほしいから。器もこったりして。

小山　そうそう、うちも。古い食器は思い切って捨てて、新しいのに変えたり、お客様用だったのを引っ張り出してきて使ってます。いっぱいお皿を並べて、見た目は豪華にしましょうって。

野坂　目でも楽しんでほしいですものね。食欲がないときでも、つい手が出るように。そういう工夫は、やっていて張り合いがありますね。彼の好物や、栄養バランスを考えながらの買い物も結構楽しんでやってます。

小山　大島は、最近あんまり食べないし、言葉も少なくなってしまったんですけれど。ときどき、美味しいとか、まずいとか、感想めいたことをぽつぽつ言ってくれます。年齢による衰えもあるから、これ以上よくはならないかもしれない。だけど、「こんなになって、生きていてもつまらない」ではなくて、「今日一日生きていてよかった」と大島に思ってほしいんです。そう思って、私は生活しているの。

野坂　ええ。

小山　こんなはずじゃなかった、こうなってるはずだったと思ったら、一日も生きてられない状態です、うちの場合は。だけど、それでいいと受け入れたの。そういう状態の彼をいとおしいと思ったから、今こうやって向き合っていられるんですけれどもね。だから「思いついたらやる」、これを最近モットーにしているの。

今年の春は、お花見を満喫したし、今度は海岸に行ってみようと思って。

野坂　お宅から近いんですか?

小山　近いです。もちろん車を用意しなければだめですけれども。海が大好きな人だから。

野坂　野坂も海が大好きです。

小山　それは私の希望かもしれないけど、元気なときにもう一度連れて行きたいと思っている

来年、2010年に金婚式を迎える大島夫妻

の。今日一日楽しかったな、私は今日この一日を大切に生きていこうと思っているんです。大島が今日、元気でいてくれたらいい。綱渡り的な生き方なんですけれど。

野坂　その「綱渡り」って言葉はよく分かります。私も実にそのように思います。綱渡りだけど、綱渡りなんて思わないで。

小山　ね。一日を生きようと思っています。

野坂　いやなことがあっても、「ま、いいか」ってやり過ごして。大丈夫、大丈夫って言いながら自分も相手も励まして。

小山　でも野坂さんは、ずっとお元気ですよ。口述とはいえ執筆もなさっているし、歌も吹き込まれるんだから。

野坂　監督にも歌っていただかなくては、リハビリソングを。

小山　そうねえ。リハビリしている人みんなが歌いましょう、っていうふうにならなくちゃね。

野坂　介護をしていて思ったのは、声を出して、つばを飲み込んで、「あ」と言える。こんな簡単で当たり前なことが、実はどんなに大変なことかと。

小山　そうね。何気なくしていることが、いかにすごいか。自分の体に感謝の気持ちがわいてきますね。

野坂　何も歌なんかうまくなくてもいいんです。私、歌手ですなんてこと言っておいて、おかしいかもしれないけれど、本当にそう思いました。

小山　あなたも家で発声とかなさってるの？

野坂　いいえ、してないの。だって、ずいぶん前なんですけれど、家で発声をしていたら、野坂が窓をそーっと閉めていく音がするんですよ。近所に聞こえないように（笑）。

小山　あはは。

野坂　ほんとにね、いやな人でした（笑）。最近は私に、「何でも好きなことをおやりくださいい、それが一番ですから」って言うの。あなたもねって。お互いに、どうぞどうぞって言い合っているんですけれども（笑）。

生きる、この素晴らしさ

小山明子

七年前、大島が十二指腸潰瘍穿孔で、生きるか死ぬかの瀬戸際まで追い込まれたとき、もう二度と一緒に桜を見ることはできないかもしれないと覚悟をしました。でも奇跡的に回復し、満開の桜の季節に退院することができて、それ以来桜には特別思い入れが深いのです。

大島のお誕生日（三月三一日）が重なるからかもしれません。

在宅介護になってからも、毎年お花見は、鎌倉山、日大六会キャンパス、逗子のハイランドと、お友達を誘って楽しむことにしています。もちろん団子も。

昨年の春は息子夫婦が孫達を連れてきて、自宅でにぎやかな誕生祝いをし、翌日は鎌倉山にお花見に行くつもりで介護車の手配をしました。ところが、当日は朝から土砂降り。中止しようかとも思いましたが、思い切って出かけました。鎌倉山には人影もなく、濡れた桜の幹が黒々として、ピンク色の花びらが雨に震えていて、それは見事な幽玄の世界を心ゆくまで堪能しました。そしてお昼はしゃぶしゃぶ。「今日はパパの誕生日だから一本付けましょう」、とお酒も注文しました。それはそれは嬉しそうに杯を傾ける大島の姿に、本当に飲んべえだからずっと我慢していたんだなと思いました。「パパ、お肉は半分にしてもう一本お銚子を頼みますか？」と聞いたら、「うん」と力強い答え。ご機嫌で家に帰ったのです。

その日は訪問入浴で、若いスタッフがきびきびと入浴の準備をしていてくれましたが、お昼にお酒を飲んだと言ったら、「それでは今日は中止です」と言われてしまいました。週一回の入浴をとても楽しみにしているのですが、規則だから仕方ないですね。血圧が高くても、熱があっても入浴は中止なのです。でも、桜も誕生日も一年に一度。楽しくお花見をして一杯飲んだのだからいいじゃない……というのが私の考えです。あのときこうしてあげればよかったと、そんな後悔だけはしたくない。いつもそう思っています。

一四年間介護生活が続き、ある日息子に「ママはだんだん年を取るし、老老介護で、先に逝くかもしれない。そのときはパパを頼むわね」と言ったら、「それは順番が違うから、そんなことになりそうならお父さんも連れていってね。置いていかないでね」と言われました。毎晩寝る前にベッドで今日の出来事を話すのが習慣なのですが、大島に「ママが死んだらパパも一緒にくる？」と聞いたら、即座に「行かない！」と言われました……。

世間から見ると、私は夫に尽くす献身的な妻に見えるようですが、ちっとも献身なんかして

小山さんが一筆画で竹を描いた、オリジナルのペアTシャツを着て

いない。女優業を休んだのは悔いのない自分の生き方として介護を選んだ結果だし。犠牲的精神からではありません。下の世話は人間として当然のことですし、便が出たか、尿が出たかは一番重要な体調のバロメーターなのです。

自分をいたわることも忘れてはいません。週一回のデイサービスの日だけはヘルパーさんにお願いして、映画やエステ、友達とご飯を食べたり、と自分をケアする日と決めています。がんばるときはがんばって、休むときは休み、人に任せるときは任せる。そのメリハリを覚えれば、終わりのない介護にも気楽に向き合えると思います。

この夏、日本経済新聞に「戦う映画人　大島渚再考」と目立つ記事が出ました。近所の友達が朝早く記事を持ってきてくれたり、その日の昼には、主治医の後藤先生がいらっしゃり、記事を読み上げると、「監督、すごいですね。ボクも勉強させてもらいます」とおっしゃってくださいました。何と幸せなことでしょう。その日は会う人ごとに声をかけられ、励まされました。今年十一月にはイタリア・トリノ映画祭で大島渚作品を特集した上映会が行われています。文章を書くにしても、映画を撮るにしても、こうして再認識される機会に恵まれるとは、感謝あるのみです。

大島が脳出血で倒れた後は、健康、経済、生き甲斐が手のひらからポロポロとこぼれ落ちました。失ったものはあまりにも大きい。でも得たものもたくさんあります。うつで苦しみ、主人も大病を乗り越えたから。どん底を経験したから。一からの出発をしたから。多くの人々に支えられ励まされ、家族に助けられながらここまで来られたのです。何と言ったって「生きている」だけでも素晴らしいこと、全身を管につながれて過ごした入院のときを思えば、今はすべてありがたいことと思えるのです。

ある日、大島の著書をパラパラとめくっていたら、彼のこんな一文を見つけました。

女には愛は一度きり与えておけばいいと錯覚している男だから、結婚しても自分の女性面を解放することなく「男」の仕事に没頭し続けた。妻はよくそれを「受け入れ」てくれたことだと思う。妻は変わることなく「私を評価」し、「信頼」してくれた。男として女性から与えてほしいものを全部与えてくれた。

この言葉が今の私の心の支えです。大島に愛と尊敬をもって向き合っていられるのも、こうした言葉のおかげかもしれません。過去にどんな夫であり妻であったのかが、老後の幸せにつながっていくのではないでしょうか。

多分、野坂さんも同じ思いでいらっしゃることでしょう。

今年の夏も、野坂昭如さん原作『火垂るの墓』のアニメ映画がテレビで放映されました。何度観ても胸が熱くなります。戦争の悲惨さを伝える名作だと思っています。私も以前、舞台化された際、主人公のおばさんの役で参加させていただきました。

野坂さんがお元気に執筆を続けられることを心から願うとともに、この一冊を暘子さんと上梓することができたご縁に深く感謝しています。

二〇〇九年十月

●コラム執筆者紹介（本文掲載順）

北村佳久（きたむら・よしひさ）
横浜栄共済病院診療部長、脳神経外科部長。金沢大学医学部卒。金沢大学医学部脳神経外科医員、横浜栄共済病院脳神経外科主任医長を経て現職。専門は脳神経外科領域（脳動脈瘤手術など）、地域医療、医療マネジメント。

与芝真彰（よしば・しんしょう）
せんぽ東京高輪病院院長。松光寺住職。東京大学医学部卒。三井記念病院、昭和大学藤が丘病院院長などを経て現職。「ウイルス性劇症肝炎の病態の解明と治療法の確立」で昭和大学より上篠賞受賞。著書に『医師と僧侶の狭間を生きる』など。

保坂　隆（ほさか・たかし）
東海大学医学部付属東京病院・基盤診療学系教授。慶應義塾大学医学部卒。専門領域は、精神医学、心身医学、サイコオンコロジーなど。『あの人が「心の病」になったとき読む本』『平常心』『ひとり老後の楽しみ方』ほか著書多数。

久留善武（くどめ・よしたけ）
社団法人シルバーサービス振興会企画部部長。日本福祉大学卒。厚生労働省「福祉用具における保険給付の在り方に関する検討会」委員。著書に『介護支援専門員のための全仕事マニュアル』『ケアマネジメント実践事例集』など。

小林信男（こばやし・のぶお）
小林整形外科院長。慶應義塾大学医学部卒。慶應義塾大学附属病院、月ヶ瀬慶大リハビリテーションセンター（慶應義塾大学講師）などを経て開業。神奈川県臨床整形外科医会前会長。神奈川県医師会理事。

塩之入　洋（しおのいり・ひろし）
しおのいり内科院長。横浜市立大学医学部大学院医学研究科卒。横浜市立大学医学部並びに大学院医学研究科助教授を経て開業。生活習慣病改善センター併設。循環器、糖尿病、腎臓、内分泌代謝、高血圧専門医。著書に『高血圧の医学』。

朝波惣一郎（あさなみ・そういちろう）
国際医療福祉大学三田病院教授、歯科口腔外科部長。東京歯科大学卒。慶應義塾大学医学部口腔外科助教授などを経て現職。日本口腔外科学会理事（専門医、指導医）、日本顎顔面インプラント学会理事、日本有病者歯科学会理事、日本小児口腔外科学会理事など。

内田健夫（うちだ・たけお）
内田医院理事長。日本医師会常任理事。信州大学医学部卒。長野県大町市立大町総合病院外科医長、順天堂大学附属順天堂医院麻酔科などを経て現職。日本学校保健会副会長。

川崎　一（かわさき・はじめ）
日刊工業新聞社論説委員会論説委員。記者として日銀、官邸、外務省、財務省、内閣府、金融庁などを担当し、金融、流通担当デスク、南東京支局長を歴任。論説委員としての主な担当分野はマクロ経済、金融、税財政など。

棚橋善克（たなはし・よしかつ）
棚橋よしかつ＋泌尿器科院長。東北大学客員教授併任。東北大学医学部卒。東北大学医学部講師、東北公済病院科長、東北大学医学部臨床教授などを経て開業。著書（分担執筆）に、『泌尿器科疾患の最新医療』『超音波造影ガイドブック』ほか多数。

小山明子（こやま・あきこ）
女優。1935年千葉生まれ。55年映画「ママ横を向いてて」でデビュー。60年に映画監督の大島渚氏と結婚。その後も、映画、テレビ、舞台で活躍。著書に『パパはマイナス50点』など。介護をテーマに全国各地で講演中。

野坂暘子（のさか・ようこ）
画廊経営、シャンソン歌手。1941年東京生まれ。宝塚歌劇団で「藍葉子」として活躍。62年、作家・野坂昭如氏との結婚を機に退団。91年より画廊「ギャルリーymA」を経営。著書に『真夜中のラインダンス』『リハビリ・ダンディ』。

笑顔の介護力
妻たちが語る
わが夫を見守る介護の日々

著　者　小山明子・野坂暘子
発行者　伊藤玄二郎
発行所　かまくら春秋社
鎌倉市小町二―一四―七
電話〇四六七（二五）二八六四
印刷所　ケイアール
平成二十一年十一月十八日発行

ISBN978-4-7740-0454-9 C0095